Terminus Châteaucreux

Une enquête de Nick Malone

Du même auteur

Les demoiselles de Montbrison
Éditions du Cluzel
2021

Quoi qu'il en coûte
Éditions de l'Étang
2022

Jean-Jacques MONCHALIN

Terminus Châteaucreux

Une enquête de Nick Malone

Éditions de l'Étang

À Chloé, Marie et Sarah

PREMIÈRE PARTIE

1

Lundi 3 janvier 1966
Saint-Étienne, Commissariat central, 99 bis cours Fauriel

— Bonne année Serge, lança l'inspecteur Bertignac qui passait la tête dans l'entrebâillement de la porte.
— Bonne année René... la dernière, si j'ai bonne mémoire ?
— Eh oui, la dernière !

René Bertignac, après quarante ans de service, allait tirer sa révérence en juin.

Vu sa mine réjouie, on ne pouvait imaginer une seconde que cela le chagrinait, bien au contraire !

Il était temps pour lui de quitter « la grande maison » où, malgré la bienveillance de ses collègues, il se sentait dépassé par la bureaucratie naissante. Le métier avait changé et lui, malgré des efforts soutenus, n'y trouvait plus son compte. « Il faut laisser la place aux jeunes » répétait-il souvent à Lamblot, le dernier arrivé dans la brigade, appelé à le remplacer.

« Drôle de couple » souriait, dans sa barbe, le commissaire Serge Avril chaque fois qu'il les croisait ensemble. Un fluet dégingandé tout juste débarqué de sa Corrèze natale n'imaginant pas une seconde ce qui l'attendait, et un petit chauve bedonnant certain d'en avoir fini avec les rapports, les dépositions et autres exercices de style dont il était peu friand.

— Tu nous rejoins ? demanda le futur retraité.

— J'arrive.

— Tu es rentré ce matin ?

— Oui, j'ai pris le train de nuit.

— Pas trop fatigué ?

— Non, pour une fois j'ai pu dormir un peu… mais ne compte pas sur moi pour faire des heures supplémentaires ce soir !

Les deux policiers travaillaient ensemble depuis une dizaine d'années. Leur collaboration, quelque peu chaotique au début, s'était très vite normalisée.

À la décharge de l'inspecteur Bertignac, la réputation d'Avril l'avait précédé et l'arrivée de ce cador pouvait laisser craindre qu'il écraserait tout le monde sur son passage.

C'est tout le contraire qui se produisit !

Jamais il ne se glorifia de ses états de service. Ils lui avaient pourtant valu quelques cicatrices et autant d'articles élogieux dans un grand journal parisien du soir.

Une rare fois, il se confia à René : en octobre 50, alors qu'il faisait ses premiers pas au 36 quai des Orfèvres, un malfrat l'avait envoyé au tapis avec une balle dans le ventre. Heureusement, le drame s'était déroulé sur les berges du canal Saint-Martin, à deux pas de l'hôpital Saint-Louis. Trois semaines plus tard, il reprenait du service.

Quant à sa vie privée, elle semblait se résumer aux trois photos, posées sur son bureau, dont ses interlocuteurs ne voyaient que le dos.

— Alors… on attend que toi, dit Bertignac, planté près de la porte.

— Deux secondes ! bougonna-t-il.

D'humeur ronchonne comme chaque fois qu'il rentrait de Paris, il redoutait cette journée.

On allait se bousculer dans son bureau. Qui pour lui souhaiter une bonne santé, qui pour lui prédire une promotion. Mais, ce qu'il redoutait le plus, c'était la mielleuse Bérangère n'hésitant pas à lui faire une bise racoleuse.

Il n'était pas dupe. Derrière cette effusion appuyée, elle rêvait de jours meilleurs dans les bras du beau célibataire.

Il faut dire que la quarantaine, pourtant bien sonnée, lui seyait à merveille : grand, mince, le teint hâlé du 1er janvier au 31 décembre et un sourire ravageur servi par une dentition parfaite.

Mais ce qui plaisait par-dessus tout à Bérangère, c'était le costume gris en flanelle de chez Caruzzo, le célèbre tailleur de la rue de La République à Lyon, qu'il portait aujourd'hui.

Elle ne serait d'ailleurs pas la seule, dans les couloirs du commissariat, à papillonner dans son sillage.

Il y avait bien à l'étage supérieur Isidore, le divisionnaire, mais, plus âgé et moins fringant, il ne jouait pas dans la même catégorie. Par ailleurs peu aimable, il n'attirerait pas les foules en cette journée particulière.

Pour l'occasion, Bérangère avait préparé café et croissants. Ici on refaisait le réveillon, là on pensait déjà aux futures vacances au Grau-du-Roi.

Au sous-sol, il y avait bien quelques cellules occupées, mais, au premier étage, on se donnait encore quelques instants de détente avant de replonger dans les dossiers, les interrogatoires et autres réjouissances quotidiennes.

Tout allait pour le mieux en cette première journée de l'année, jusqu'à ce que…

Jusqu'à ce que…

Jeannot Limousin, le gardien de la paix consigné à l'accueil, il en fallait bien un, vint jouer les trouble-fête. Visiblement désolé de jeter un froid sur cette assemblée insouciante, il chercha des yeux Avril et s'approcha discrètement de lui.

— Je peux vous voir ?

Ce dernier comprit tout de suite qu'il y avait une urgence. Il prit Jeannot par le bras et se dirigea vers le couloir, plus tranquille. Bertignac, comme toujours aux aguets, s'approcha de la sortie.

— Que se passe-t-il ? demanda le commissaire.

— Des gamins viennent de découvrir le corps d'une jeune fille dans l'atelier Bancel de la rue Pierre Termier, tout près de la place Villeboeuf. Il semblerait qu'elle soit morte.

— Qui a téléphoné ?

— La boulangère, madame Cornut.

Il retourna dans la salle bruyante où l'inspecteur l'attendait. Ils quittèrent aussitôt le commissariat dans l'R8 de service.

La ville lentement se remettait en marche après les fêtes de fin d'année. Une fine pellicule de neige couvrait la chaussée. À l'angle de la rue Pierre Blachon, un cycliste se relevait après avoir glissé sur la chaussée. Ils le dépassèrent poussant son vélo en boitillant.

Cinq minutes plus tard, ils pénétraient dans le local où avait eu lieu la macabre découverte. La boulangère, une petite boulotte au visage gracieux, était là. Elle avait les yeux moqueurs de quelqu'un qui rit sans arrêt, pour un oui, pour un non. Mais aujourd'hui, le cœur n'y était pas.

Les enfants, quant à eux, avaient trouvé refuge dans le bistrot de la place Chapelon, un peu plus haut dans la rue.

— René, tu vas prendre les dépositions des gamins, on se retrouve ici…

Le local était sombre, un faible rayon de lumière filtrait à travers les lucarnes. Une bouffée d'air vicié les assaillit dès les premiers pas. Sous le plafond, on devinait quatre suspensions. À tâtons, Avril s'approcha d'un établi sur sa droite, il cherchait un interrupteur qu'il finit par trouver.

La mort avait gagné les lieux et personne jusqu'à présent n'avait ouvert la bouche. En même temps que la lumière révélait le triste spectacle, un cri venu de l'extérieur brisa le silence.

— Que se passe-t-il ici ?

Un homme hirsute, en bras de chemise et passablement débrayé, fit irruption.

— Ici, c'est chez moi, j'appelle les flics ! vociféra-t-il.

Sans plus de considération, le policier le saisit par le col de sa chemise.

— Les flics, c'est nous.

L'énervé se calma aussitôt, d'autant qu'il fut le premier à voir la jeune fille dans le fond du local.

— Mais, lâcha-t-il, puis les mots lui manquèrent, l'effroi lui cloua le bec.

Elle était étendue sur le dos, à une dizaine de mètres, près d'un deuxième établi. Le commissaire s'approcha du corps. Dans son dos l'énergumène hésitait jusqu'à ce que le policier lui fasse signe d'avancer.

Elle était jeune et belle, très belle. De longues boucles de cheveux masquaient le bas de son visage. L'horreur se lisait dans ses yeux, grands ouverts. Un courant d'air souleva un voile de poussière.

— Vous la connaissiez ?

Le propriétaire des lieux s'approcha lentement.

— Jamais vue, murmura-t-il.

Avril chercha du regard la boulangère. Elle s'était éclipsée.

Le commissaire s'agenouilla près de la jeune femme, oubliant son beau costume en flanelle. Rien sur son visage et sur son corps inerte n'indiquait les circonstances de sa mort.

Un fourgon de police s'avança dans l'impasse qui conduisait au local. Quatre policiers, dont un en civil, en descendirent aussitôt.

— Jeannot nous a prévenus, dit le plus âgé.

Il portait une mallette métallique contenant le matériel pour les premières investigations : gants, poudre, pinceaux, appareil photo, loupe. L'inspecteur Lamblot s'agenouilla près du patron. C'était son baptême du feu, son premier cadavre. Blanc comme un linge, l'estomac au bord des lèvres il dut quitter précipitamment le local. Les trois agents en uniforme se regardèrent retenant un sourire moqueur puis ils entreprirent une fouille minutieuse du local.

Avril observait toujours le visage de la jeune fille. Délicatement, il dégagea la mèche de cheveux qui cachait le bas de son visage. Un trait droit, comme une brûlure, barrait son cou.

Il se redressa.

Près de l'établi, quelques bouteilles cassées jonchaient le sol. S'était-elle débattue ? Se retournant vers le propriétaire du local, il pointa du menton les débris de verre.

— Je suis passé hier matin comme je le fais régulièrement. Il n'y avait rien, les bouteilles étaient sur l'établi.

Il sortit son carnet, nota le nom et l'adresse du propriétaire, et lui demanda de quitter les lieux.

Il allait entreprendre, lui aussi, une inspection du local quand un agent, près de l'entrée, l'interpella :

— Par ici commissaire.

Le policier lui désigna sur le sol, un sac à main, en partie dissimulé par un enchevêtrement de caisses en bois vides.

Lamblot, que l'air frais de l'extérieur avait revigoré, réapparut et se mit aussitôt à la disposition du spécialiste chargé de la recherche d'empreintes. De son côté, Avril dressait l'inventaire du sac à main : rouge à lèvres, poudre, porte-monnaie, pochette, stylo, portefeuille contenant plusieurs billets de dix et de cent francs et enfin, une carte d'identité au nom de Martine Béal. Une fois l'inventaire terminé, il plaça le sac dans un sachet en plastique.

Dans un silence de cathédrale, chacun vaquait à ses occupations. Ils s'étaient partagés l'espace afin de scruter le moindre centimètre.

Le premier résultat ne se fit pas attendre.

Il était d'une importance capitale. C'est le jeune inspecteur qui pointa fièrement du doigt sa découverte. Dans un angle du local, sombre car en grande partie dissimulé par une rangée d'armoires métalliques, des taches de sang, comme les cailloux du Petit Poucet, traçaient un chemin qui filait vers une porte dérobée. Une observation plus minutieuse révéla la présence de taches identiques près de la victime.

Comme on n'avait observé aucune trace sur la jeune femme, très vite une conclusion s'imposa : c'était le sang du meurtrier !

Bertignac, de retour, organiserait la suite des opérations, tandis que le commissaire et Lamblot suivraient le chemin maculé de sang.

La neige recommençait à tomber. Ils n'avaient pas une minute à perdre.

2

Devant la porte restée entrouverte, le commissaire s'arrêta brusquement. Lamblot, qui le suivait, heurta son épaule.

— Excusez-moi, bafouilla-t-il.

Machinalement, Avril écarta les bras pour bloquer le passage et lança à l'adresse de Bertignac :

— René, arrive avec les pincettes.

L'inspecteur trouva ses deux collègues accroupis.

Il s'agenouilla à son tour et, délicatement, saisit un cordon posé à ses pieds. Il alluma sa lampe torche qu'il approcha de la supposée arme du crime. Leurs regards se croisèrent. Pas de doute, une tache brunâtre souillait la fine cordelette.

— Du sang ? interrogea Lamblot.

Les deux policiers acquiescèrent d'un signe de la tête. Bertignac, tenant toujours le cordon, l'examina de plus près. Il avait déjà vu un tel article… quelque part… chez lui !

— Une ganse, affirma-t-il.

— Une quoi ? dirent en chœur les deux autres fonctionnaires.

— Une ganse, un cordon… un cordon tressé qu'on utilise dans la confection.

Face aux regards perplexes de ses deux collègues, et avant même que les questions ne fusent, il précisa :

— Ma femme est couturière. Alors les ganses, les rubans, les galons, j'en connais un rayon.

— En attendant, range-moi cette… ce cordon.

L'inspecteur saisit méticuleusement cette première pièce à conviction qu'il alla mettre dans une pochette plastique.

— Cette fois on y va, lança Avril.

Du pied, il poussa la porte et laissa le passage à Lamblot surpris par cette attention particulière.

— Les empreintes… sur le loquet. Tu piges ?

Dehors, il neigeait toujours.

Des gouttes de sang, à intervalles réguliers, étaient toujours visibles sur le sol. Pour combien de temps encore ? Ils pressèrent le pas.

Après avoir traversé une petite cour encombrée de lessiveuses converties en poubelles, ils débouchèrent sur la rue Pierre Termier et se dirigèrent vers la place Villeboeuf. Deux ouvriers emmitouflés dans leurs canadiennes regagnaient les ateliers voisins.

La neige, d'abord redoutée, s'avéra être un atout précieux. Chaque goutte de sang, à son contact, formait une fine auréole qui décuplait sa taille et résistait avant de se fondre dans les cristaux de glace.

À l'angle de la place et de la rue de la Badouillère, madame Bénetteau, la concierge, discutait avec une voisine. Avril la connaissait très bien. Comme lui, elle était née à La Rochelle et il ne se passait pas un mois sans qu'elle ne vienne se plaindre auprès de ses services. Tantôt pour sa voisine du dessus qui, après avoir bu plus que de raison, insultait les passants ; tantôt pour le fils de la même voisine faisant pétarader sa mobylette jusque dans la cour de l'immeuble.

Bref, soit elle avait une dent contre la mégère du premier étage, soit le plaisir de rencontrer son compatriote l'incitait à pousser la porte du Commissariat central.

Avril penchait pour la deuxième hypothèse, il s'approcha d'elle.

— Bonjour commissaire, bonne année.

— Bonne année, Madame Bénetteau. Vous êtes bien matinale.

— Ben, les poubelles à sortir, le café pour mon Raymond... il embauche à 6 heures à Manufrance.

Il hésita à s'attarder de crainte de perdre un temps précieux à écouter les doléances de la concierge qu'elle ne manquerait pas de rappeler avec force détails. Alors, avant même qu'elle ne débite son chapelet, il lui lança :

— Vous n'auriez pas vu une personne blessée à la main ? Il devait sans aucun doute perdre du sang.

— Ah bon, fit-elle, un assassin ?

Ça commençait mal.

S'il n'y prenait garde, c'est elle qui allait poser des questions. Conscient du danger, il changea de tactique. Le ton monta de quelques octaves au risque de vexer son interlocutrice et qu'elle ne se referme comme une huître. Tant pis, il n'avait pas le choix :

— Madame Bénetteau, l'heure est grave, avez-vous vu cette personne ? Oui ou non ?

Elle ne s'attendait pas à cette tournure des évènements, ce beau commissaire d'habitude si calme et prévenant n'était pas à prendre avec des pincettes. Dans d'autres circonstances, elle serait montée sur ses grands chevaux, mais il valait mieux rester dans ses papiers.

Les secondes s'égrenaient.

Avril sentait le sang bouillir dans ses veines. Il voyait bien que la concierge faisait défiler dans sa tête tous les passants qu'elle avait vus depuis sa fenêtre. Alors, et seulement alors, elle déclara enfin :

— Oui… vers 8 heures, 8 heures et quart. Vous pouvez dire que vous avez de la chance… j'étais derrière mes rideaux.

Elle se gratta le menton, paraissant réfléchir.

— J'sais pas s'il était blessé, mais… je me souviens bien, il avait la main droite enveloppée dans un mouchoir.

— Comment était-il ? avez-vous vu son visage ?

— Grand, un pardessus bleu marine, un chapeau et un cache-nez qui lui couvrait le bas du visage.

— Avez-vous vu de quel côté, il se dirigeait ?

— Oui, il a pris la direction de la place Chavanelle, il marchait vite en se retournant de temps en temps… comme s'il était poursuivi.

Elle réfléchit encore une seconde avant d'ajouter :

— Il portait des lunettes avec de grosses montures noires… son nez était grand, mince et crochu.

Elle avait vidé son sac, il n'en saurait pas plus. Il la remercia et, avec l'inspecteur, ils reprirent leur traque. À peine avaient-ils fait vingt mètres que la concierge leur cria :

— Un pantalon en velours bleu… grosses côtes.

Avril sourit. Il faudra la revoir, cette Charentaise, elle avait sans doute d'autres choses à lui raconter.

À l'angle de la rue de l'Épreuve, les traces de sang avaient disparu.

Ils marquèrent le pas.

Une 4 CV poussive arrivait face à eux. Lamblot, en retrait, attendait la décision du chef quant à la direction à prendre. Ce dernier traversa rapidement le carrefour indiquant à son collègue, d'un signe de la main, de rester sur place. Il arrêta la Renault et interrogea le conducteur qui repartit aussitôt. Il poursuivit son chemin, fit vingt, peut-être trente mètres avant d'opérer un demi-tour. De retour vers l'inspecteur transi par le froid, il lui lança :

— Rien par-là, tu vas à gauche, moi à droite. Le premier qui voit du sang appelle l'autre. Compris ! il faut faire vite !

Puis sans plus d'explication, il traversa la chaussée. Lamblot eut juste le temps de lui demander :

— Comment ? Comment s'appelle-t-on ?

Avril que la remarque amusa une demi-fraction de seconde eut envie de lui répondre : « tu m'envoies un courrier ». Mais, repensant à la jeune fille assassinée, il s'abstint d'une telle remarque : l'heure n'était pas à la rigolade.

— Eh bien, en sifflant pardi !

Et, sans plus attendre, il s'avança dans la rue le nez sur le trottoir. De temps à autre, il traversait la chaussée, toujours à la recherche d'indices.

Lamblot, qui de loin l'observait, reproduisait ce manège en priant le Bon Dieu qu'aucune trace de sang ne se trouve sur son chemin. La raison peut surprendre... il ne savait pas siffler !

La chance n'était pas avec lui...

Trois gouttes de sang minuscules, qu'il faillit ne pas voir, étaient bien là sous ses yeux. Que faire ? Il tenta en vain de gonfler ses joues dans l'espoir d'émettre un sifflement suffisant pour alerter le patron. Bien évidemment, rien ne sortit. Alors, oubliant la honte qui le submergeait, il hurla à plein poumon : « Commmissaireeeee ».

Le résultat ne se fit pas attendre.

À peine reprenait-il son souffle, qu'Avril se retrouvait face à lui.

— Bien joué mon gars, lui dit-il, en lui donnant une bourrade dans le dos.

Pour la première fois de la journée, « le bleu » comme l'appelaient ses camarades de la brigade, se sentait délivré.

Trois badauds, sortis de nulle part, s'approchèrent tandis que plusieurs ménagères, penchées à leurs fenêtres malgré le froid, jetèrent un œil rapide dans la rue.

Mais déjà, les deux chasseurs, comme si de rien n'était, reprenaient leur traque.

Le regard rivé sur le trottoir, ils avançaient rapidement, sans rien dire, se rattachant sans trop d'espoir à ces maigres taches de sang disparaissant sous la neige. Plus le temps non plus d'interroger les rares passants qu'ils croisaient.

Ils allaient abandonner leur recherche quand, arrivant sur la place Chavanelle, le bruit d'une clochette attira leur attention.

Lamblot, élevé dans la religion catholique, et se rappelant les centaines de messes qu'il avait servies comme enfant de chœur, y vit un signe venu du ciel. Il pria. Et de prières, il allait en être question.

Ils s'approchèrent d'un homme de grande taille élégamment vêtu. Il portait un long manteau bleu marine avec des épaulettes, un col rouge et, vissée sur la tête, une casquette cerclée d'un ruban où l'on pouvait lire « Armée du Salut ».

Posté derrière un brasero, le salutiste agitait une clochette au son aigrelet. Devant lui, une coupelle en fer blanc contenait quelques pièces de monnaie.

Tout abasourdi par ce spectacle qu'il découvrait, l'inspecteur n'avait rien vu de ce qu'il fallait voir. Heureusement, le commissaire veillait. Discrètement, il adressa un signe à son collègue l'invitant à baisser les yeux. Quelques gouttes de sang, tout près de la coupe recueillant les oboles, maculaient la neige.

L'enfant de chœur y vit un miracle.

S'adressant à l'homme de foi, Avril demanda :

— Vous êtes-là depuis longtemps ?

Engoncé dans son bel uniforme, l'homme à l'habit bleu continuait d'agiter sa clochette tout en tapant des pieds pour se réchauffer.

— Je suis arrivé tôt ce matin, mon frère.

— Avez-vous remarqué un homme blessé à la main ?

Pas de réponse.

Une passante s'approcha pour déposer une offrande. D'un geste du bras, le salutiste demanda au fonctionnaire de laisser passer la vieille dame. Tout en s'écartant alors qu'il commençait à perdre patience, le policier dégaina sa carte tricolore. Elle produisit l'effet escompté, celui-ci retrouva aussitôt l'usage de la parole. Enfin presque…

— Euh… non…

— En êtes-vous bien sûr ! s'énerva le fonctionnaire.

— Euh…

Avril sentait la moutarde lui monter au nez. Son ton devint plus persuasif.

— Alors blessé ? Pas blessé ? Et puis arrêtez avec cette clochette, elle me casse les oreilles !

— Tout ce que je peux vous dire, c'est qu'il avait un mouchoir qui lui enveloppait la main. Un mouchoir taché de sang qu'il tentait tant bien que mal de dissimuler dans la poche de son manteau.

— Enfin… nous y voilà.

La piste était sérieuse. Le courant passant enfin entre les deux hommes, le commissaire sauta sur l'occasion.

— À quoi ressemble-t-il ?

— Quelle direction a-t-il prise ? osa Lamblot ragaillardi.

— Plutôt grand, un long manteau, la tête dans les épaules. Je n'ai rien vu de son visage mis à part qu'il portait de grosses lunettes.

— La direction ?

— Il s'est dirigé vers la rue Léon Nautin.

Avril tendit une carte à son interlocuteur.

— Appelez-moi si d'autres détails vous reviennent à l'esprit.

Il jeta plusieurs pièces dans le chaudron, puis, se retournant vers son collègue :

— Prends les coordonnées de Monsieur, je file devant.

Les neurones, dans la tête du commissaire, se bousculaient… La place était déserte. Il se surprit à parler tout haut : « deux gouttes de sang par-ci, une par-là, autant chercher midi à quatorze heures ! ».

Passant devant le bar-restaurant La soupe à l'Oignon, il entra. Après tout, le meurtrier avait peut-être eu la même idée pour refaire son bandage. Sans perdre de temps, il interrogea le patron. Le bar était désert, personne n'avait été vu.

Lamblot arriva en courant.

— Vous pensez qu'il est entré dans un bar ? dit-il à bout de souffle.

— Pourquoi pas ? Dans un bar il y a des toilettes, de l'eau, un torchon. De quoi soigner une blessure. Que ferais-tu à sa place ?

— Si le bar est désert, pas sûr qu'il prenne le risque d'y entrer.

— Évidemment, tu as raison. Maintenant, suppose qu'il y ait de nombreux clients dans le bar.

— Ça change tout, il a plus de chance de passer inaperçu.

— Alors… le Bar du Peuple dans la Grand-Rue ?

Ils empruntèrent la rue Léon Nautin jusqu'à la place Neuve. Les bars, pour la plupart, étaient quasiment vides, certains même n'avaient pas ouvert leur porte.

Le moral des policiers vacillait.

Ils allaient jouer leur dernière carte avant d'abandonner la partie.

Dans la rue José Frappa, comme dans toutes les autres, l'ambiance était maussade.

— Allez Lamblot, on y croit, lança-t-il à son jeune collègue, sans trop y croire lui-même.

À l'approche de la Grand-Rue, la ville, enfin, s'animait. Les tramways déversaient leur flot de voyageurs. De voyageuses plus exactement qui, dans un même élan, se lançaient à l'assaut du Monoprix affichant en lettres capitales sur un panneau géant :

« REMISES EXCEPTIONNELLES
JUSQU'AU 10 JANVIER »

Un marchand de marrons chauds, posté devant l'entrée, se retrouva vite submergé par cette marée humaine.

Les deux fonctionnaires échangèrent un regard, ils s'étaient compris !

La confiance retrouvée, délaissant le Bar du Peuple, ils entrèrent dans le temple du commerce, direction le linge de maison. Quoi de mieux que les montagnes de mouchoirs et autres torchons pour se confectionner un pansement ?

Ils avaient vu juste.

La vendeuse du rayon répondant au joli nom de Blanche (c'était écrit sur sa blouse) trônait devant son étal.

Devant un public conquis, elle déclamait : « mouchoir pur coton blanc, à carreaux, imprimés, pochette coton, soie... Moins 50 % sur tous nos articles » ; puis elle embrayait sur les torchons avec le même entrain.

Les policiers, Avril en tête, fendirent sans ménagement la concentration féminine. Blanche, furieuse, s'apprêtait à réprimander vertement les deux trublions quand, le commissaire sentant venir l'orage, sortit son sésame tricolore.

La vendeuse déglutit sa colère en même temps que les ménagères s'écartèrent pour former un cercle autour des trois acteurs du drame qui allait se jouer sous leurs yeux. Enfin, l'espéraient-elles !

Le silence s'imposa.

Lamblot en profita pour gonfler le torse devant ce parterre d'admiratrices.

Avril s'avança près, très près, de la marchande à qui il s'adressa à voix basse, au grand dam des spectatrices n'ayant d'yeux que pour lui. Ce qui, il faut bien l'avouer, n'était pas pour lui déplaire.

— Auriez-vous remarqué dans votre rayon un homme d'assez grande taille, manteau de couleur sombre, lunettes à monture noire, du genre discret ?

— Discret ? s'étonna la vendeuse.

— Disons... qui ne cherche pas à se faire remarquer.

— J'ai vu plusieurs personnes accompagnant leurs femmes, des grands, des petits, certains sans doute avec des lunettes.

— Celui qui m'intéresse devait être seul.

Elle réfléchit quand soudain :

— Oui, vers 9 heures peu de temps après l'ouverture.

Le visage du commissaire s'illumina. Lamblot, derrière lui, tendit l'oreille.

— Plutôt grand, myope sans doute... avec des lunettes, un grand manteau bleu marine. Je l'ai repéré tout de suite.

— Il vous a acheté quelque chose ?

— Rien ! D'ailleurs il n'achète jamais rien. Je le vois assez souvent traîner du côté de la lingerie fine, si vous voyez ce que je veux dire...

— En somme, un satyre, dit Lamblot, qui ne perdait pas une miette de l'échange.

— En quelque sorte. On en a deux ou trois dans la maison.

Ça ne collait pas. Ils faisaient fausse route.

Restait tout de même un point à vérifier avant qu'ils ne fassent demi-tour.

— Rien ne vous a choqué dans son attitude ? Son allure ? Ses gestes ?

— Ses gestes ? Je ne comprends pas.

— Pour être précis, avez-vous vu ses mains ?

— Bien sûr que oui, je lui ai même demandé de ne pas toucher à tout. Ce qui l'a fait déguerpir.

Rideau !

Le drame s'achevait en eau de boudin, les spectatrices déçues pouvaient rentrer à la maison. L'assassin de la jeune fille ne passerait pas la nuit derrière les barreaux.

Il pouvait dormir sur ses deux oreilles.

Dépités, les deux policiers firent demi-tour, laissant Blanche à ses mouchoirs.

Ils n'en avaient pourtant pas fini avec le Monoprix…

3

Les trois gamins avaient trouvé refuge « Chez Mado » où ils attendaient, sagement assis côte à côte, au fond du bistrot. La patronne, une solide gaillarde franc-comtoise, ne les quittait pas des yeux. Ils avaient le visage fermé, sauf le plus jeune qui cachait mal son air facétieux.

— On nous a dit d'attendre ici, avait déclaré Robert l'aîné de la bande.

Elle le connaissait bien celui-ci. Depuis qu'il travaillait à la mine, il se prenait pour un homme et il lui arrivait, avant de se rendre au Puits Couriot, de venir prendre un blanc limé. Les deux autres lascars l'accompagnaient parfois avant d'aller à l'école, ils avaient osé, une fois, commander le même breuvage. Elle leur en avait passé l'envie.

— Qui vous a demandé de venir ici ? grogna-t-elle.

— La boulangère !

— Lucette ?

— Oui, soupira le plus petit.

Petit, mais sans doute le plus futé de la bande. Il comprit qu'elle n'allait pas les lâcher ainsi, alors il lui cloua le bec :

— À cause de la morte…

Le résultat ne se fit pas attendre.

Elle avala sa salive, essaya d'en savoir plus, mais les mots restèrent bloqués dans sa gorge.

Le coucou suisse acheté par Marius, le patron, lors d'une excursion sur les rives du lac Léman piailla neuf fois quand l'inspecteur fit son entrée.

Mado comprit que l'heure était grave.

Bertignac se présenta et rejoignit les trois garçons qui resserrèrent les rangs sur la banquette en simili cuir rouge. Le plus vieux, qui n'avait rien d'un gamin, devait avoir 18 ans.

— Je vous paye quelque chose ? proposa-t-il en voyant leur mine de chiens battus.

« Un blanc limé » s'apprêta à dire l'aîné avant de se raviser.

— Café ? Chocolat ? insista le policier.

— Chocolat, dirent-ils en chœur.

Le poêle à charbon dégageait une chaleur douce et agréable. L'inspecteur ôta son manteau qu'il rangea sur le porte-manteau perroquet de l'entrée.

Il attendit le chocolat avant de commencer l'interrogatoire. Les adolescents ne bronchaient toujours pas.

— Je vous écoute, finit-il par dire, laconique.

Les deux plus jeunes, surpris, se tournèrent vers leur aîné, espérant qu'il prenne la parole. Bertignac, lui aussi, le fixait. Mado, qui essuyait toujours le même verre, prêtait l'oreille sans en avoir l'air. Robert n'avait plus le choix, il se racla la gorge.

— Nous avons découvert la fille… étendue… par terre…

Tout était dit.

Ils espéraient enfin pouvoir partir, oublier cette matinée et retrouver les bancs de l'école ou l'atelier de la mine. Ils baissaient les yeux, honteux d'être là, assis en face d'un flic.

Qu'allaient penser les copains, les parents, les voisins quand on allait les embarquer dans le panier à salade ?

Le policier se sentait embarrassé : et s'il avait les coupables assis en face de lui ? En venant ici, cette hypothèse ne lui avait pas traversé l'esprit, mais en voyant le grand Robert, qui était déjà un homme, le doute s'installa.

Marius, discrètement, jetait un œil derrière les lanières multicolores du rideau de la cuisine. Difficile de passer inaperçu vu sa taille, l'inspecteur feignit de ne pas le voir.

L'atmosphère était pesante.

Chacun s'observait. Était-ce une tactique du policier ?

— Elle est morte hein ? osa enfin le plus jeune.

Bertignac fit oui de la tête avant de poursuivre :

— Que faisiez-vous dans ce local ?

— On voulait se réchauffer et... parler du bal ? dit Étienne, le cadet de la bande, qui n'avait pas encore ouvert la bouche.

— Du bal ? De quel bal ?

— Le bal des pompiers à Chavanelle. J'y étais, expliqua Robert.

Il semblait hésiter, comme s'il avait quelque chose de plus important à avouer, quelque chose qui risquait de l'entraîner sur un chemin inconnu, semé d'embûches.

Le coucou vaudois, cantonné dans son chalet, vint à son secours et osa une timide sortie. Rien ne s'échappa de son bec pourtant grand ouvert.

— Je lui ai coupé le sifflet du quart et de la demie, à lui et à tous ses congénères qui ont envahi la maison, trancha la grande Mado.

Deux clients entrèrent.

Ils parlaient fort ce qui eut pour effet de détendre l'atmosphère. L'inspecteur, tournant le dos à la porte, se retourna sans rien dire. La patronne finit par lâcher son torchon et alla remettre du charbon dans le poêle. « Mes pauvres petits » s'attendrit-elle.

— Revenons au bal, s'impatienta le policier ne quittant pas des yeux Robert.

— Mon père était d'accord, je viens d'avoir dix-huit ans m'sieur, c'est la première fois que j'y allais.

— Très bien, je n'ai rien à dire, le rassura-t-il, flairant bien qu'il en gardait sous le coude.

Le grand ruminait.

— Et ? interrogea Bertignac.

Les deux gamins, tout comme le fonctionnaire, pendus aux lèvres de leur copain espéraient la réponse (qu'ils connaissaient) comme une délivrance.

— Elle y était…

— Eh bien voilà, c'est dit, soupira l'inspecteur qui n'en espérait pas tant. C'est la première fois que tu l'as vue ?

— Non, je l'ai parfois croisée dans le quartier.

— Elle habite ici ?

Quelques gouttes de sueur perlèrent au front du jeune homme.

— Tu as trop chaud… à cause du poêle ?

— Oui, oui, c'est ça, mentit Robert.

— Reprenons. Elle habite ici ?

— Je ne sais pas. Une fois, en allant au travail, je l'ai vu sortir de la boulangerie.

— Elle était seule dans la rue ?

— Oui.

— Au bal aussi ?

34

— Non, elle était avec deux copines.

— Du quartier, les copines ?

— Non, c'est la première fois que je les voyais.

Bertignac sortit un carnet et prit des notes. Les deux autres « condamnés » baissaient les yeux. Le poêle à charbon ronronnait dans leur dos. « Sans ce satané policier, le moment aurait pu être agréable » pensa le plus petit.

— Tu lui as parlé ? poursuivit-il.

— Non, balbutia Robert après un moment d'hésitation.

— Et toi, tu étais seul au bal ?

— Non... avec des copains.

Il allait poursuivre quand la porte s'ouvrit à nouveau, laissant passer un courant d'air glacial et un policier en uniforme cherchant des yeux l'inspecteur. Celui-ci le rejoignit immédiatement et ils échangèrent quelques paroles.

Revenu à sa place, il compléta ses notes des noms et adresses des trois lascars qu'il libéra. Ils ne demandèrent pas leur reste et déguerpirent aussitôt.

Le coucou helvète, encore lui, s'égosilla... en vain !

Il y avait donc du nouveau du côté de l'atelier Bancel.

La bise descendue du Pilat s'accélérait dans les rues étroites de la Vivaraize. Bertignac redressa le col de son manteau et pressa le pas.

Chemin faisant, il repensa à cet échange avec Robert.

Il était certain d'une chose : il ne lui avait pas tout dit. Ses hésitations, son regard fuyant, cachaient quelque chose. Quant aux deux autres, sans doute faudrait-il les interroger séparément. Notamment le plus jeune, le plus intelligent des trois qui baissait les yeux pour ne pas affronter le regard inquisiteur du policier.

Avant de rejoindre ses collègues, il avait un autre témoignage à recueillir.

Il traversa la rue.

Elle gesticulait, sur le trottoir, au milieu de ses clientes, à claironner vraisemblablement sa funeste découverte. L'inspecteur brandit sa carte. La flûte sous le bras, les ménagères se sauvèrent comme une volée de moineaux. La boulangère opéra un demi-tour et trouva refuge derrière sa banque où croustillait encore la dernière fournée de croissants.

— À quelle heure avez-vous été avertie du drame ?

— Le gamin est venu un peu après 8 heures. « Venez vite a-t-il crié, il y a une morte chez Bancel ».

— Bancel ?

— Oui, le propriétaire du local, un ancien armurier.

— Après ?

— J'ai laissé tout en plan. Je me suis dit que peut-être la morte était encore vivante.

— Et alors ?

— Eh bien, quand je suis arrivée, les deux autres étaient là, raides comme des statues.

— Vous vous êtes approchée de... la victime ?

— Oui. Elle ne respirait plus.

— Vous en êtes sûre ?

— Oui... Non... je ne sais plus... je ne suis pas restée. J'ai dit aux gamins d'attendre Chez Mado et j'ai appelé la police.

— L'avez-vous reconnue ?

— Non, il faisait sombre, on ne voyait pas son visage.

— Qui est venu vous prévenir ? Robert le plus grand ?

— Non, Jean-Luc, le plus jeune.

— J'ai l'impression que vous les connaissez bien ?

— Oui. Ils sont du quartier.

— Votre mari était là à 8 heures ?

— Non, il dormait.

Bertignac compléta ses notes et prit congé de la boulangère.

À peine avait-il le dos tourné qu'elle se décida à réveiller son mari.

Elle s'arma de courage et pénétra, sur la pointe des pieds, dans la chambre où recroquevillé sous l'édredon, il ronflait telle une locomotive.

— Marcel, lui susurra-t-elle dans l'oreille.

En guise de réponse, il fit un demi-tour et disparut sous un oreiller.

— Marcel, réveille-toi. La police…

Ce dernier mot lui fit l'effet d'une bombe.

— Qu'est-ce que tu racontes ?

— Martine, chuchota-t-elle.

— Quoi, Martine !

— Arrête de faire l'andouille, tu vois bien de qui je parle…

— Et alors ?

— Elle est morte… on l'a assassinée.

— Nom de Dieu, ça va recommencer.

4

Les deux policiers se frayèrent un chemin parmi les clientes pour rejoindre la sortie du Monoprix.

Pour la première fois de la journée, le soleil fit une timide apparition. Arrivé sur le trottoir, Lamblot alluma une cigarette.

— Le stress ?

L'inspecteur ouvrit la bouche pour répondre quand, dans leurs dos, une voix les interpella :

— Commissaire !

Avril se retourna et reconnut Blanche. Elle était accompagnée d'une autre vendeuse.

— Une collègue, Sylviane, du rayon « Prêt-à-porter Homme » au premier étage. Je lui ai parlé de votre visite.

Cette dernière ne le quittait pas des yeux.

— L'homme que vous recherchez, je crois bien l'avoir vu... il y a une quinzaine de minutes.

— Mais alors, il est peut-être encore dans le magasin, s'étouffa Lamblot prit d'une quinte de toux nerveuse.

Les fonctionnaires échangèrent un regard complice, l'espoir renaissait, là, sur le trottoir.

Avril les entraîna à l'intérieur du magasin abandonnant Blanche à ses mouchoirs.

Passé le secteur parfumerie de l'entrée, ils évitèrent, en rasant les murs, le rayon du blanc qui ne désemplissait pas.

Précédés par l'agile Sylviane, ils montèrent quatre à quatre les escaliers conduisant au premier étage.

— C'est là que je l'ai vu tout à l'heure, déclara la vendeuse. Il avait une attitude bizarre, regardant sans cesse autour de lui...

Elle réfléchit quelques secondes avant de poursuivre :

— Il paraissait mal à l'aise dans son grand manteau. Je me suis approché et lui ai demandé ce qu'il cherchait. Il m'a tourné le dos, et s'est éclipsé sans rien dire.

— Comment était-il, avez-vous vu son visage ?

— Pas vraiment... plutôt grand, brun avec des lunettes.

— N'avez-vous rien remarqué au niveau de ses mains ? un pansement ? des traces de sang ?

— Non, rien.

Elle demeura quelques instants silencieuse, cherchant à se remémorer le moindre détail quand :

— Après l'avoir remarqué, je me suis éloignée pour m'occuper d'autres clientes tout en gardant un œil sur lui. Il me paraissait bizarre et, en y réfléchissant bien, quelque chose dans son attitude m'a semblé étrange.

Avril était pendu à ses lèvres, Lamblot ne la quittait pas des yeux.

— Attendez... Je me souviens... Il continuait à chercher parmi les manteaux et m'a paru passablement empoté. On aurait dit qu'il était manchot !

— Manchot ?

— Oui, il ne se servait que d'une main.

— Et alors ?

— Il a tout de même fini par choisir un trois quart et s'est dirigé vers les cabines d'essayage, au fond du magasin... Suivez-moi, dit-elle rouge d'excitation.

Il eut juste le temps de la retenir par la manche de sa blouse.

— Vous restez ici avec l'inspecteur. Je vais y aller seul, inutile d'affoler tout l'étage. Notre homme pourrait profiter de la panique pour filer à l'anglaise.

Déçus, les deux recalés regardèrent s'éloigner le commissaire qui serrait dans sa poche son pistolet.

Quatre cabines s'alignaient dans un recoin, derrière l'escalier roulant. Une petite dame aux cheveux blancs, bien calée sur sa chaise, attendait les clients. Elle était si petite que ses pieds ne touchaient pas le sol.

Avril s'approcha d'elle en lui montrant discrètement sa carte.

— Un homme grand, brun avec des lunettes s'est présenté à vous pour essayer un manteau.

La vendeuse, surprise, fit oui de la tête.

— L'avez-vous vu ressortir ?

— Qui ça ?

— Eh bien cet homme.

— Euh… oui sans doute.

Elle était perdue. Pourquoi toutes ces questions ?

— Je donne un ticket quand ils entrent, je le reprends quand ils sortent, voilà tout.

Inutile d'insister, il n'en saurait pas plus.

L'endroit était désert. Il en profita pour jeter un œil dans chaque cabine… le doigt sur la gâchette. La première était vide. La deuxième aussi. La troisième était occupée par une vieille dame qui essayait un chemisier. Elle ne se rendit pas compte de cette visite surprise. Quant à la quatrième, la porte résistait… Du plat du pied, il l'explosa.

Elle était vide…

5

— Plus tard, lâcha le commissaire à Chardon, le journaliste qui l'attendait dans le couloir du commissariat. Il pénétra aussitôt dans son bureau.

— C'est à croire que cette banquette lui appartient, s'énerva-t-il. Puis s'adressant à l'inspecteur qui le suivait :

— Méfie-toi de lui, une vraie sangsue. Je l'ai même une fois surpris seul dans le bureau de Bertignac, je suis persuadé qu'il fouillait dans ses dossiers.

— On ne peut pas les mettre dehors ? s'étonna Lamblot.

— Difficile ! Le divisionnaire tolère ça depuis longtemps. Môssieu estime qu'ils ont un rôle à jouer dans une enquête, qu'ils peuvent nous aider, voire nous servir.

— Nous servir ?

Bérangère pointa son nez dans l'embrasure de la porte. Le patron semblait énervé, elle attendit sagement qu'il se calme.

— Oui nous servir, poursuivit-il. On en reparlera.

La secrétaire, qui désormais posait dans l'encadrement de la porte se donnant des airs de Gina Lollobrigida, remit de l'ordre dans sa chevelure avant de déclarer :

— L'inspecteur Bertignac vient de m'appeler. Il est à l'hôpital en compagnie du médecin légiste. Il a des choses importantes à vous dire et repassera par le bureau dès que possible.

— Très bien Bérangère. Je peux vous demander un petit service ?

— Mais bien sûr Monsieur le Commissaire… Tout ce que vous voudrez !

— Merci de votre sollicitude, mais pour l'instant, pouvez-vous aller nous chercher deux sandwichs et deux bières aux Marronniers ?

Elle lui adressa un sourire en guise de réponse et opéra un demi-tour théâtral.

Chardon était toujours là sur la banquette qu'il partageait désormais avec un chenapan menotté et un gardien de la paix. Les trois hommes subjugués regardèrent s'éloigner la pin-up du cours Fauriel. Ils ne regrettèrent pas le spectacle… sauf peut-être le jeune délinquant. Et encore !

***

À peine les deux policiers eurent-ils avalé leur jambon beurre et leur Kronenbourg que Bertignac frappait à la porte.

Ils s'installèrent tous les trois à la petite table ronde, celle des confidences entre collègues, le bureau du patron étant réservé aux interrogatoires.

— Je ne m'y ferai jamais, soupira Bertignac.

— De quoi parles-tu ? s'étonna le commissaire.

— De l'Institut Médico-Légal…

Il revoyait le couloir lugubre de ce vieux bâtiment, la table d'examen en inox, le corps sans vie de la jeune fille et, comble de son désarroi : le médecin hirsute, un mégot collé sur sa lèvre inférieure…

— Allez, on t'écoute. Et ne pars pas dans tous les sens, commence… par le commencement, le taquina-t-il.

L'inspecteur sortit son carnet.

— Tout d'abord, les enfants qui ont découvert le corps. Le plus âgé, Robert Masson, dix-huit ans, connaissait la victime et l'a croisée pour la dernière fois le 31 décembre au bal des pompiers de Chavanelle.

— Rien d'autre sur ce sujet ?

— Si, Martine Béal était avec deux copines.

— Connues les copines ?

— Non !

— Bien, je suppose que tu vas nous parler de Lucette Cornut, la boulangère.

— Si tu veux bien on en parlera plus tard.

— Comme tu voudras. On en vient donc à ta visite à l'Institut Médico-Légal. Comment va le légiste ? Toujours les cheveux en pétard et la clope au bec ?

— J'en ai vu beaucoup des légistes, mais celui-là… on dirait Darry Cowl, il te ferait presque oublier ce que tu es venu faire ici. Il attendait mon arrivée pour commencer… son travail.

Le visage de l'inspecteur blêmit, il cherchait ses mots. Lamblot, nerveux, attendait la suite comme un supplice auquel tôt ou tard il serait confronté.

— Passe sur les détails techniques, je suppose qu'il t'a fait part de ses premières constatations.

— Tout à fait. La victime avant d'être étranglée à l'aide du cordon retrouvé sur les lieux, a été asphyxiée sans doute avec un foulard. Il a retrouvé dans sa bouche, quelques fibres de laine que voici.

Tout en parlant, le policier sortit de sa poche, un sachet les contenant. Avril et Lamblot les observèrent sans rien dire.

— L'asphyxie a provoqué une perte de connaissance de la victime mais la mort est la conséquence de la strangulation. Par ailleurs, le légiste a relevé des ecchymoses au niveau des muscles de l'épaule. Il émet donc l'hypothèse que le corps a été déplacé : le meurtrier étouffant la victime à l'extérieur du bâtiment. Enfin, le médecin parie que l'assassin est gaucher.

— Détail intéressant, tu lui as demandé sur quoi il base cette supposition ?

— Bien sûr, et tenez-vous bien, il m'a rétorqué : « sur quarante ans d'expérience ». Sacré Darry. Mais j'ai gardé le meilleur pour la fin.

Avril et Lamblot attentifs, penchés sur leurs carnets, levèrent les yeux.

— Elle était enceinte d'environ trois mois.

— Capital en effet, s'exclama le commissaire, il va falloir s'intéresser de près à tous ces jeunes gens qui lui tournent autour et me retrouver les copines du bal… L'heure du crime ?

— Peu de temps avant sa mort, elle avait mangé. La digestion n'avait pas commencé, ce qui permet de situer le décès aux environs de 8 heures du matin.

— Autre chose ? Les aliments ingérés ? En principe c'est par ça qu'il conclut.

Lamblot commençait à regretter ses verts pâturages, son village de Liginiac et les colverts sur le lac de Neuvic.

— Oui, d'après Darry Cowl, elle aurait mangé du pain ou des croissants. Et… il a même ajouté des croissants chauds.

— Il plaisantait je suppose.

— Figure-toi que je lui ai posé la question et sais-tu ce qu'il m'a répondu ?

— Non !

— Eh bien tu vas rire. Il m'a dit : « Est-ce que j'ai une tête à plaisanter ! ».

— Très drôle en effet. Rien d'autre sur les viennoiseries ?

— Si, une dernière chose, ce matin quand je suis entré dans la boulangerie, j'ai tout de suite remarqué l'odeur des croissants tout juste sortis du four. La boulangère m'a dit ne pas avoir reconnu la victime, or c'est la seule boulangerie dans la rue. Par ailleurs, elle m'a indiqué que son mari se couche vers 6 heures. Bizarre tout de même, les croissants sont encore chauds et le boulanger roupille.

— Tu as raison, il faudra vérifier tout ça !

L'inspecteur referma son carnet.

Avril compléta ses notes et, à son tour, fit un rapide compte-rendu de la traque du matin avant d'ajouter :

— Un point reste mystérieux tout de même, le crime est commis aux environs de 8 heures et notre inconnu est aperçu une heure plus tard au Monoprix. C'est un dingo… qu'a-t-il donc tourné pendant tout ce temps ?

6

Mardi 4 janvier

Depuis sa fenêtre, Avril profitait d'un dernier moment d'évasion avant de replonger dans la tourmente. Dans la rue, les passants rasaient les murs pour se protéger des bourrasques de grésil.

Il repensait à Lamblot qui l'avait accompagné tout au long de la journée d'hier. Une première mission que le jeune homme bien élevé n'était pas prêt d'oublier. Aurait-il le temps de ménager le Corrézien si anxieux, si avide de bien faire les choses jusqu'à se mettre la tête à l'envers ?

On sonna à sa porte.

— Je suis sûre que vous l'attendiez celui-là, dit la concierge en donnant le journal au commissaire.

C'était un accord tacite entre eux deux. Dès qu'il était question du 99 bis, elle faisait le déplacement.

Encore une fois, elle ne s'était pas trompée.

Berthier, le rédacteur en chef de *La Tribune*, et son équipe n'avaient pas perdu leur temps. Pour tout dire, le policier n'était guère surpris.

MEURTRE DE LA RUE PIERRE TERMIER.

Le quartier Fauriel est en émoi. Hier, vers 8 heures, trois jeunes garçons ont découvert, dans un atelier désaffecté de la rue Pierre Termier, proche de la place Villeboeuf, le corps sans vie d'une jeune femme.

À l'heure où nous imprimons, l'identité de cette dernière n'a pas été révélée. Malgré nos sollicitations, aucun renseignement ne filtre du commissariat du cours Fauriel.

L'enquête démarre, elle est confiée au commissaire Avril qui n'a pas perdu une minute. En effet, une traque conduite par deux fonctionnaires de police a tout de suite été diligentée. Il semblerait que celle-ci se soit terminée dans les rayons du Monoprix, Place du Peuple.

Comment sont-ils arrivés là ? Pourquoi ce magasin du centre-ville ? Le meurtrier aurait-il laissé quelques indices ? Nous cacherait-on des informations capitales ?

Trop tôt pour le dire ! Les vendeuses que nous avons interrogées sont restées sourdes à nos questions !

Avril termina son café.

— On lui cacherait des informations capitales, ose-t-il écrire, il se fout du monde, ironisa-t-il avant de saisir son téléphone.

— Allo Berthier ?

— Sa femme… je vous le passe.

Il entendit celle-ci chuchoter à son mari « le commissaire ».

— Commissaire… de si bon matin ! Qu'est-ce qu'il vous arrive ? Vous avez trouvé l'assassin !

— Pas encore… vous serez le premier prévenu, soyez-en sûr.

— Et si je le trouve en premier ?

— Je demande à voir. Mais revenons sur votre article, je trouve que vous en faites un peu trop, non ?

— Comment ça ?

— Vous faites allusion à des informations capitales. Je suppose que vous avez une idée derrière la tête, non ?

— Pas vraiment, sans doute me suis-je laissé un peu emporter. Cela ne devrait pas vous surprendre, depuis le temps… Mais je profite de vous avoir au bout du fil pour vous refiler un petit tuyau. Petit, mais qui mérite d'être creusé.

— Vous bluffez, arrêtez vos salamalecs !

— Vous êtes assis ?

— Mouais, grommela-t-il.

— Alors ouvrez grand vos oreilles… le dénommé Pierrot.

— Pierrot, oui, j'écoute.

— C'est le fils de la boulangère. Il était au bal des pompiers… Et je crois savoir qu'il connaissait la victime. Qu'il la connaissait même très bien !

— Je le savais, mentit-il, inutile d'en parler pour l'instant. Puis il raccrocha un brin vexé d'avoir été devancé par le journaleux.

**

Finies les « bonne année » par ci, les « meilleurs vœux » par là, il y avait de l'agitation dans les coursives du vaisseau amiral Fauriel.

Il se faufila jusqu'à son bureau près duquel il pensait trouver Berthier, l'ombre qui ne le lâchait pas. Il fut surpris de ne voir que son double.

— Alors Chardon, la pêche est bonne ? se moqua-t-il.

Le reporter ne répondit pas sachant que le commissaire filerait avant même qu'il n'ouvre la bouche. Pour une fois, il se trompait :

— Il n'est pas là le grand manitou ?

— Il vient de partir à Chamonix.

Avril pouffa de rire dans sa barbe, il imaginait mal le gratte-papier, miro comme une taupe, slalomer sur les pentes de la Mer de Glace.

Il pénétra dans son bureau où ses deux inspecteurs avaient déjà pris place.

— J'en ai une bien bonne, leur lança-t-il en guise de bonjour.

Pour accompagner sa déclaration, il balança son journal sur le bureau.

— Pierrot ? dirent de concert les deux policiers.

— Comment êtes-vous au courant ? Il n'est pas question de lui dans le journal !

— Chardon a craché le morceau, lâcha Lamblot, c'est lui qui nous pistait hier. Il est allé voir la boulangère, mais elle lui a claqué la porte au nez.

— Et Pierrot ! il le sort de son chapeau ?

— Un des gamins a dû vendre la mèche. Mais ça, Chardon ne l'a pas confirmé.

— Alors, les gars, vous allez vite me le trouver ce Pierrot avant que je m'énerve.

— Inutile patron, il est là ! Il s'est présenté à l'accueil. On le fait entrer ?

— Non, laissez-le mijoter quelques minutes.

Le commissaire se redressa et chercha sur son bureau encombré de plusieurs dossiers son paquet de cigarettes qu'il ne trouva pas. « Pas bon signe » songea Bertignac.

— Qui me fait un topo sur Martine Béal ?

Lamblot sursauta sur sa chaise, sortit son carnet et récita, d'un trait et sans les regarder, les notes qu'il avait prises :

— Martine Béal, née le 10 mars 1942 à Givors. Son père Lucien Béal est fait prisonnier en 40 dans le nord de la France où il travaille à la mine. Un an plus tard il s'évade et reprend son travail à Givors. Sa mère Antoinette Bastide travaille dans une usine de tissage. Tous les deux meurent en 1958 dans un accident de voiture. Martine est fille unique.

Le jeune inspecteur marqua une pause pour reprendre son souffle. Avril, pas si mauvais bougre, en profita pour le complimenter avant que celui-ci, enfin détendu, ne reprenne :

— Martine Béal habite au 37 de la rue Pierre Termier. La concierge l'a décrit comme une jeune fille bien élevée. Elle pense qu'elle à un copain mais ne l'a jamais vu.

— Qu'est-ce qui lui fait dire ça ?

— Elle a souvent entendu des conversations… Une voix d'homme. Son appartement est juste en dessous de celui de Martine.

— Jeune ? Vieux ?

— Elle ne sait pas dire. D'ailleurs, je vous préviens, Ernestine Pouzol, n'est pas très bavarde, ni très aimable.

— Rien d'autre ?

— Pour l'instant non…

— Très bien, on passe à Pierrot. Je suppose que Chardon vous a fait un topo, histoire de vous mettre dans sa poche !

Il supposait bien, Bertignac sortit ses notes de la poche de son veston.

— Pierre Cornut, né le 4 mai 1944 à Saint-Étienne. Fils de Marcel Cornut et Lucette Claveloux. Études à l'ENP[1],

---

[1] École Nationale Professionnelle Etienne Mimard

très bon élève. Travaille depuis 3 ans comme chaudronnier à la Société Chimique du Rhône basée à Oullins. Très bon élément d'après son contremaître.

— Très bien, dit le commissaire puis se retournant vers Lamblot qui était près de la porte, il lui demanda :

— S'il est toujours là notre Pierrot, fais-le entrer. L'inspecteur se précipita dans le couloir. Le jeune homme attendait sagement.

Le policier redressa la tête.

Il le regarda entrer. Belle gueule juvénile, grand et robuste, un blouson étriqué cachait une chemise au col élimé impeccablement repassée par sa mère.

Avril le dévisagea cherchant un détail qui trahirait cette apparente candeur. Il ne le trouva pas mais vit dans son regard une étincelle, il ne fallait pas le sous-estimer. Ce garçon était intelligent, sans doute même très intelligent.

Lamblot observait la scène. Bertignac rompu à ce stratagème regardait du coin de l'œil tomber la neige. Quant à Pierrot, qui se doutait bien de la raison de sa convocation. Il pensait à Martine.

Dans sa longue carrière à poursuivre les malfrats de tout poil, rarement Avril avait été confronté à un tel personnage. Et la dernière fois, il s'en souvenait très bien. C'était il y a une dizaine d'années, et le beau gosse d'alors, à qui on aurait donné le Bon Dieu sans confession, avait sauvé sa tête mais croupissait en prison.

La séance d'intimidation avait assez duré.

Pierrot n'avait manifesté aucun embarras. Il était temps de se mettre au travail. Le policier leva la tête et regarda le jeune homme droit dans les yeux.

— Beau parcours, finit-il par dire en pointant du doigt la note de Bertignac. Bon élève, bon ouvrier. Je me demande bien ce que tu fous là ?

— Moi, j'ai bien une petite idée, répondit Pierrot.

Sa voix était douce mais assurée, comme s'il s'était préparé à cet entretien.

— Eh bien, je t'écoute.

— Martine Béal… Mon père m'a prévenu. D'abord je n'ai pas voulu y croire.

Les deux inspecteurs se redressèrent sur leurs sièges. Avril restait muet. Le jeune homme qui voulait en finir au plus vite, reprit la parole.

— Je la connaissais un peu. Nous nous sommes rencontrés dans le train. Je travaille à Oullins et Martine rend visite à sa tante de Givors chaque fin de semaine. Tous les lundis nous prenons la micheline de 7h04.

— En résumé, tu la vois dans le train, tu l'abordes et vous devenez copain.

— Pas tout à fait, je ne lui ai pas parlé tout de suite. Peut-être un mois ou deux après notre première rencontre.

Pierrot semblait réfléchir.

Il n'était plus aussi serein, l'émotion allait le submerger. Il se ressaisit.

— En fait, elle m'a parlé en premier. Elle avait une grosse valise sur le quai et m'a demandé de l'aider. Après, je l'ai revue dans le quartier où elle s'était installée… Parfois elle venait à la boulangerie.

— Il y a une chose que je ne comprends pas, comment se fait-il que tu prennes le train de Perrache, le lundi matin à 7h ?

— Je le prends à Oullins, je suis chaudronnier à l'usine chimique.

Le commissaire fronça les sourcils, il ne comprenait toujours pas.

— Je travaille trois jours par semaine, du vendredi au dimanche, l'usine ne s'arrête jamais.

— J'ai compris. Parle-moi de Martine maintenant.

— Je vous ai tout dit. On se voit presque tous les lundis dans le train et quelquefois dans le quartier.

— Tu aurais espéré davantage ?

— Que voulez-vous dire ?

— Qu'elle devienne ta petite amie…

— Elle avait déjà un fiancé, elle me l'a dit.

— Tu le connaissais ?

— Non.

— Une dernière chose et je te laisse filer. Tu l'as croisée au bal des pompiers le vendredi 31. Tu ne travaillais pas ?

— Non, j'avais quelques jours à récupérer.

— Elle était seule ?

— Il y avait beaucoup de monde. Elle dansait au milieu d'autres personnes. Elle avait l'air heureuse, sans doute n'était-elle pas seule…

— Tu n'as pas cherché à savoir ?

— Non.

— La soirée a été longue. Tu avais de nombreuses occasions pour t'approcher d'elle, tu ne l'as pas fait ?

— Non, on a bu un coup avec le petit Robert et je l'ai ramené chez lui. Il avait juste la permission de minuit, alors nous sommes rentrés.

— Tu ne vas pas me dire que tu es rentré avant les douze coups de minuit ? L'occasion rêvée de lui souhaiter une bonne année et de lui faire une bise !

Pierrot ne répondit pas.

Ses yeux avaient rougi, il semblait retenir un sanglot.

Bertignac se grattait le menton, le fils du boulanger lui faisait une double impression. D'un côté, la maturité du jeune homme que les trois policiers n'avaient pas perçu au premier abord, de l'autre cette fragilité à l'évocation de Martine.

Avril prit quelques notes, recula son fauteuil pour se lever quand Lamblot lui tendit une feuille de papier. Il la posa sur son bureau sans même la lire, puis s'adressant au jeune homme :

— Merci pour tes réponses précises, nous aurons très certainement l'occasion de nous revoir. Une dernière chose tout de même, où étais-tu hier entre 7 et 8 heures ?

— Dans mon lit !

Il lui tendit la main que Pierrot serra énergiquement. Dans le dos du jeune homme, Lamblot gesticulait en désignant le papier qu'il n'avait pas lu.

Dans le même temps, Bertignac ouvrit la porte et invita le témoin à quitter le bureau, ce qu'il s'empressa de faire.

Le commissaire lut alors le message glissé sur son bureau par l'inspecteur. Trois mots, trois simples mots.

« blessure main droite ».

La réaction ne se fit pas attendre :

— Quel con je suis ! Faut dire, avec sa gueule de premier communiant…

Lamblot se précipita dans le couloir. Trop tard, l'ange avait disparu.

Il revint dans le bureau, l'air penaud.

— Ne fais pas cette tête, tout est de ma faute après tout.

— Voulez-vous que je le fasse chercher ?

— Non, je n'imagine pas une seconde qu'il se fasse la belle. Ça l'accuserait... il le sait. J'ai une meilleure idée : demain prends la voiture de service et va faire un tour à Oullins. Renseigne-toi auprès de son employeur pour cette plaie à la main. N'oublions pas qu'il est chaudronnier, un métier j'imagine où ce genre de blessure est fréquent.

— Je pourrais téléphoner.

— Non, une fois sur place, j'aimerais que tu rencontres ses collègues de travail, ses amis, et tout le toutim... Je ne te fais pas un dessin, on peut supposer qu'il a une vie en dehors de l'usine.

— Autre chose patron ?

— Profites-en pour t'arrêter à Givors et tâche d'en savoir un peu plus sur Martine Béal.

Bertignac allait quitter le bureau quand il se retourna.

— Quel est ton sentiment sur cette affaire ?

— Trop tôt pour le dire, mais je crois qu'on n'est pas au bout de nos surprises.

7

Une fois de plus, il allait différer le tri des paperasses qui encombraient son bureau, la lecture des rapports, des comptes rendus, le classement des dossiers et tout le saint-frusquin qui lui incombait avant son éventuelle mutation. Isidore l'avait pourtant rassuré : le sujet n'était pas prioritaire.

C'est donc finalement pas fâché, tant ce travail l'ennuyait, qu'il reprît son bâton de pèlerin.

Il consacra sa première visite à la concierge de la rue Pierre Termier.

— Je vous attendais commissaire, lui dit-elle d'un ton sévère, après qu'il eut frappé à sa porte.

Assise à la table de sa cuisine, elle buvait son bol de café au lait en soufflant sur le liquide pour le refroidir. L'impression de Lamblot se confirmait, elle n'était pas à prendre avec des pincettes.

La diplomatie s'imposait.

— Tiens donc... il me semble reconnaître dans votre accent le doux parfum de la Lozère, ou mieux... de l'Aveyron.

Le visage d'Ernestine Pouzol s'illumina, il avait trouvé la porte d'entrée de la forteresse occitane.

— Tout juste, s'exclama-t-elle, je suis de Nasbinals.

— C'est bien ce qu'il me semblait. L'Aubrac, quel beau pays !

— Ah, m'en parlez pas, j'y pense tous les jours… Surtout à mon pauvre Claudius qui est resté là-bas. Temps me dure de le rejoindre.

— Il est malade ?

— Non… il est mort.

Une larme roula sur son visage parcheminé. Ses yeux d'un vert intense ne quittaient pas Avril.

— En 40 à Dunkerque, fauché par un obus.

S'ensuivit une longue diatribe sur la guerre et ses horreurs auxquelles le commissaire ne put échapper. À la Bataille des Ardennes, il vit enfin le bout du tunnel : Ernestine siffla la fin des hostilités en même temps qu'elle retrouvait un peu de calme.

— Vous prendrez bien un petit café ? Je le tiens au chaud, sur le fourneau.

Elle se leva pour servir son invité et eut les mots qu'Avril espérait.

— Mais, je suppose que vous n'êtes pas venu pour me parler des boches, pas ? Plutôt de Martine !

Le beau Serge avait tapé dans l'œil de la concierge, il acquiesça d'un sourire.

— Une si charmante enfant, quel malheur ! Ah mon Dieu, qui a pu faire un coup pareil ? J'espère que vous le coincerez celui-là.

Discrètement, il rangea le carnet qu'il avait sur ses genoux. Autant ne pas risquer de lui faire perdre le fil de ses pensées.

C'était mal la connaître.

— Et puis pas bête… Pensez donc, la voilà qui débarque à Saint-Étienne comme simple ouvrière et elle se retrouve secrétaire d'un directeur.

— Bizarre, non ?

— Pourquoi bizarre, vous en connaissez beaucoup des directeurs qui se priveraient d'une secrétaire intelligente ?

— Et belle aussi.

— Que voulez-vous dire ? s'étonna Ernestine.

— Intelligente et belle… et jeune.

— Ah, je vois où vous voulez en venir. Vous pensez qu'il avait une idée derrière la tête, le directeur ?

— Pas vous ?

— Eh bien, je n'y ai pas pensé sur le coup, mais maintenant que vous le dites.

Les mirettes de la concierge pétillaient de malice.

Devait-il lui dire que sa locataire était enceinte ? Il préféra, pour l'instant, se taire. D'ailleurs, elle n'en eut pas besoin. Telle Miss Marple, elle déroula sous le regard ahuri d'Avril un scénario digne de la romancière britannique : « sa femme voit le changement d'attitude de son mari. Il faisait la grimace en rentrant le soir, et puis brusquement le voilà souriant. Pas folle la guêpe, elle emploie un détective privé qui aura vite fait de découvrir le pot aux roses. Finie la romance ! ».

Le commissaire aurait volontiers applaudi, mais restait le clou du spectacle qui allait couronner tout le reste.

— Et alors, imaginez qu'elle soit enceinte, c'est le pompon ! poursuivit-elle. Il est pris au piège, tout bascule, et dans un moment de folie…

Elle s'arrêta nette.

Il ne faudrait tout de même pas qu'elle envoie quelqu'un en prison, voire pire ! Subitement elle pâlit, se frictionna le cou qui brusquement lui faisait très mal.

— Je peux voir son appartement ? demanda le policier.

— Voici la clé.

— Vous m'accompagnez ?

— Oh, non, j'ai à faire.

Dès qu'il eut le dos tourné, elle s'accorda une lichette de curaçao. Ce qui lui remit les idées en place et... la tête sur les épaules.

L'appartement de Martine était lumineux et soigné, comme il l'imaginait.

Les meubles de la cuisine, bon marché, avaient été choisis avec goût. Un antique canapé en cuir et un guéridon occupaient l'espace du petit salon. Derrière la porte, il faillit ne pas les apercevoir, deux cartons, qu'elle s'apprêtait sans doute à ouvrir, renfermaient des dessins et quelques 45 tours.

Dans la chambre, une commode massive et un lit en chêne exhalaient une agréable odeur de cire. Sur la table de chevet, un recueil de Paul Éluard, resté ouvert, semblait attendre le lecteur. « *On ne peut me connaître mieux que je te connais* » la dernière lecture de la jeune femme.

Il ouvrit le tiroir, il était vide.

Rien de personnel, ni lettre, ni photo. Le lit était fait, le linge et la vaisselle rangés. « Bizarre » se dit-il, le décor qu'il avait sous les yeux ne collait pas avec cette vie dissolue fantasmée à l'étage inférieur.

Avant de quitter l'appartement, il s'assit sur le canapé comme pour s'imprégner de l'atmosphère de la pièce et tenter de mieux connaître Martine. Il ne se l'avouait pas mais elle lui rappelait la jeune fille qu'il avait connue au sortir de la guerre. Elle allait devenir sa femme et la mère de sa fille avant de disparaître au bras d'un marin qui les emmena, vivre leur rêve, au bout du monde.

Il ouvrit la fenêtre qui donnait sur la rue.

Cinquante mètres plus bas, il aperçut une cliente entrer dans la boulangerie.

Les propos entendus dans son bureau refirent surface : « elle venait juste de déjeuner... l'odeur des croissants ».

Une idée lui traversa l'esprit.

Il ouvrit le placard sous l'évier et sortit la poubelle. Elle était vide, presque vide. Un sachet en papier attira néanmoins son attention. Il le déplia. Quelques miettes tombèrent dans l'évier. Des miettes fines et légères, les reliefs de son dernier petit déjeuner à n'en pas douter !

Il quitta l'appartement, l'escalier en bois craquait sous ses talons.

Ernestine guettait son arrivée.

— Alors ? demanda-t-elle, comme si elle s'adressait à un collègue.

— Rien ! Pas une photo, pas une lettre. Elle devait pourtant bien avoir un amoureux.

Elle se rapprocha du policier comme si elle craignait des oreilles indiscrètes.

— Y a bien quelqu'un qui lui rendait visite le soir... j'ai entendu des voix.

— Un jeune homme ?

— Il me semble... mais je ne l'ai jamais vu.

— Quelqu'un est-il venu depuis le jour du drame ?

— Quelqu'un qui cherchait quelque chose ? Quelqu'un qui aurait volé des lettres ou des photos compromettantes ? s'enflamma la concierge.

Elle le regarda droit dans les yeux, elle avait l'air déçue. Elle aurait pourtant bien aimé répondre par l'affirmative.

— Désolée, je n'ai vu ni entendu personne !

Il prit quelques notes avant de quitter la nostalgique des plateaux de l'Aubrac sans oublier de la remercier de sa perspicacité.

Devant la boulangerie, Lucette Cornut gesticulait face à une cliente sidérée. Dès lors qu'elle reconnut le commissaire, elle opéra un rapide demi-tour avant de se carapater.

Il poussa la porte du commerce.

Retranchée derrière le comptoir, la commerçante sursauta au drelin-drelin de la clochette.

À l'inverse d'Ernestine qu'il convenait de caresser dans le sens du poil, la femme du boulanger, assurément fourbe, méritait une approche plus frontale.

— Ce n'est pas bien Madame Cornut de cacher des choses à la police.

— Mais… quoi donc ? bafouilla-t-elle.

— Pierrot, votre fils, connaissait Martine Béal. Je suppose que vous aussi, d'autant plus qu'elle était votre cliente.

Il s'approcha du comptoir où étaient rangées les viennoiseries et n'eut aucun mal à reconnaître, juste à côté, les sachets en papier. Sur sa lancée, et pour éviter qu'elle ne le berne, il enfonça le clou.

— Elle est passée chez vous le jour du crime. J'en ai la preuve !

Il la regarda droit dans les yeux, du même bleu que ceux de son fils, avec la même étincelle. Elle se tut un long moment.

— J'ai eu peur, avoua-t-elle. Peur pour mon Pierrot, je crois qu'il était un peu amoureux d'elle.

— Il vous l'a dit ?

— Ce n'est pas un bavard, mais j'ai bien vu comme il la regardait quand elle entrait dans la boulangerie.

Le silence n'était pas à la hauteur de ses maigres révélations, il y avait sans doute autre chose de plus difficile à avouer.

— Que pense votre mari de tout ça ?

Elle blêmit, visiblement il avait mis le doigt là où ça fait mal. Encore une fois, elle prit le temps de la réflexion.

— Mon mari, mon mari… mais il dort.

Elle perdait pied.

— Je ne sais même pas s'il l'a vu une seule fois !

— À quelle heure se couche-t-il ?

— Après la dernière fournée, vers 6 heures.

Une cliente entra, immédiatement suivie par une deuxième comme si elles s'étaient concertées pour sortir Lucette des griffes du policier. Un retraité entra à son tour.

Avril, sagement, prit congé.

Avec les informations recueillies auprès de la concierge et les silences de la boulangère, il avait largement de quoi phosphorer.

8

Avant de rejoindre son bureau, il s'accorda une pause au Café des Marronniers. Il aimait l'endroit, c'était en quelque sorte l'annexe du commissariat.

Ici, pas question de politique et, plus surprenant, pas question de football non plus ! Proximité du commissariat oblige, les consommateurs endossaient, à l'heure de l'apéritif, le costume de Maigret. Les gratte-papier, fureteurs, croisaient aussi dans les parages, ils cherchaient ici ce qu'ils n'avaient pas trouvé en face.

Avril, connu de tous, se tenait à l'écart, sans perdre une miette des échanges.

— Rognons au Madère, lui lança le patron.

— Eh bien ça Gaston, je ne peux pas le refuser.

Il s'installa à sa table habituelle. Chardon, l'assistant de Berthier, était là.

Les rognons, précédés par le joli sourire d'Évelyne, atterrirent en douceur sur la table du policier. Un ballon de Morgon les rejoignit illico.

Au comptoir, le pastis aidant, la discussion battait son plein.

Martine, était au centre des débats, mais pas que ! Lentement, Pierrot grignotait des places immédiatement suivi par l'inconnu du Monoprix, qui, merci Chardon, n'était un secret pour personne.

Le facteur, après son troisième verre, suggéra l'idée de faire entrer dans la danse le patron de Martine. « En voilà un qui a dû causer à la concierge » pensa Avril. Étonnamment, l'idée ne fit pas recette.

Gaston dirigeait les débats, voire les relançait, quand les juges en herbe s'essoufflaient ou que les commandes chutaient. À ses côtés, Chardon, prenait des notes. Jamais il n'intervenait dans la discussion qu'il orientait parfois en glissant quelques mots à l'oreille de son voisin. C'est ce qu'il était en train de faire et qui n'échappa pas au commissaire.

Évelyne apporta le plateau de fromages. La fourme de Sauvain l'éloigna, pour un temps, de l'agitation.

Quand enfin il releva la tête, l'ambiance n'était plus la même.

On chuchotait désormais… sans perdre des yeux le policier. Voulait-on lui cacher quelque chose ? On pouvait le penser. Malin, comme un singe, Avril fit diversion. Il baissa la tête sur son assiette et se resservit un morceau de fromage. Tout en mastiquant, il tendait l'oreille. Le sujet devait être grave, on susurrait maintenant. Rien ne filtra.

Il s'apprêtait à quitter les lieux quand le journaliste, à l'affût, se précipita pour lui ouvrir la porte et lui donner l'information qui venait de lui échapper.

— Marcel, vous y croyez ?

— Faut voir, rétorqua le commissaire pris de court et, pour donner le change, il ajouta :

— Berthier ? Toujours au ski ?

Sans attendre de réponse, le policier traversa rapidement le cours Fauriel, laissant Chardon sur le carreau. Il grimpa avec la même vivacité les marches et rejoignit son bureau.

« Marcel ? Marcel ? D'où sort-il celui-là ? ». Il ouvrit son carnet de notes et trouva vite le coupable : Marcel Cornut, le boulanger.

Sur son bureau, les rapports d'autopsie et de relevé d'empreintes, vite parcourus, n'apportaient pas d'éléments nouveaux dans l'enquête.

Le téléphone sonna : « Oui patron, un rapport. Oui, je suis en train… vers 4 heures ? Très bien ».

Il s'installa dans un coin du bureau, où trônait la toute nouvelle machine à écrire, une Olivetti flambant neuve et… électrique.

En pareille circonstance, sa secrétaire officiait, mais là devant un tel joujou, un peu honteux, il allait s'y coller. Il fit craquer ses phalanges, inséra la première page impatient d'entendre le tac-tac métallique de la belle Italienne.

Le commissaire terminait tout juste son rapport quand on frappa à sa porte.

C'était Isidore. Il avait les traits tirés et l'air soucieux.

— Des problèmes avec ma mutation ?

— Oui, j'ai gagné encore un peu de temps prétextant que vous étiez sur une affaire difficile, mais cela ne pourra pas durer éternellement.

Il alluma une cigarette avant de poursuivre :

— Par ailleurs, je crois savoir qu'un retour dans la capitale ne vous déplairait pas.

Il avait vu juste.

Retourner à Paris, c'était la promesse de se rapprocher de Clémence, sa fille, qu'il avait retrouvée après les années d'errance de sa mère. Désormais, il la rejoignait aussi souvent que possible et, entre deux visites, se consolait avec les portraits d'elle posés sur son bureau.

— Vous ne vous trompez pas, mais… une fois cette enquête terminée, bien sûr. En attendant voici mon rapport.

Avril lui remit le fruit de son travail.

— Beau matériel, sourit Isidore en pointant du menton la machine à écrire. Il faudra que je vienne l'essayer.

Il s'approcha de la fenêtre et commença la lecture du document sans rien dire. Une fois ou deux, il jeta un regard vers son collègue comme si quelque chose l'interrogeait.

Très souvent, il pointait du doigt le point sensible d'une affaire. Et là encore, il ne dérogea pas à la règle.

— Marcel, Marcel Cornut ! attendez voir. Vous permettez ?

Il saisit le téléphone du commissaire.

— Suzanne, appelez-moi le sommier[2] à propos d'un certain Marcel Cornut. Je suis chez Avril, ça presse !

Lamblot entra dans le bureau.

Il s'apprêtait à faire demi-tour devant tant de galons, mais, on lui demanda de rester et, pire encore, de faire le point sur ses visites dans le département voisin. Ce qu'il fit sans trop bafouiller.

— Eh bien, tout cela corrobore nos premières impressions, résuma le commissaire. Martine Béal et Pierre Cornut sont des jeunes gens sans histoire, appréciés de leurs amis, de leurs employeurs, bref de tout le monde. Et la blessure ?

— Quelle blessure ? s'étonna Isidore resté muet jusqu'à présent.

---

[2] Archives de la police

— Lors de l'interrogatoire de Cornut, l'inspecteur a remarqué une blessure à sa main. Et je vous rappelle que l'assassin s'est blessé lors de son forfait.

Lamblot coupa court aux supputations.

— L'accident de travail est confirmé par son employeur et l'infirmier de l'usine, s'empressa-t-il d'ajouter.

— Des informations sur la famille de la jeune fille? poursuivit Isidore.

— Ses parents sont morts. Il ne lui reste qu'une vieille tante à Givors qu'elle rencontrait souvent... Le légiste a délivré le permis, Martine Béal sera inhumée dans deux jours.

— Vous irez Lamblot, peut-être y rencontrerez-vous sa tante et son ami.

On frappa à la porte.

La secrétaire remit un message au divisionnaire avant de s'éclipser.

— C'est bien ce qui me semblait, triompha-t-il, après avoir lu le message.

Les deux autres policiers se regardèrent, impatients de connaître la suite.

— Marcel Cornut a fait l'objet d'un signalement auprès de nos services, il y a dix ans. La plaignante, une certaine Josiane Preynat, vendeuse dans la boulangerie, avait déclaré : « plusieurs gestes déplacés dès lors que la patronne tournait le dos ». Elle a également prétendu que le dénommé Marcel, de plus en plus entreprenant, lui aurait fait quelques propositions malhonnêtes et rémunérées. Elle ne porte pas plainte et quitte la boulangerie après avoir averti la patronne des turpitudes de son mari. On suppose qu'elle a monnayé son départ.

Une fois de plus, la rumeur évoquée à bas bruit aux Marronniers se vérifiait.

— Le voilà notre coupable, s'enflamma Isidore. Qu'en pensez-vous messieurs ?

— J'en doute. Il se sait fiché dans nos services alors sauf à croire qu'il ne maîtrise pas ses pulsions, son geste aurait été suicidaire. Et puis n'oublions pas qu'à l'heure du crime, il est au fournil ou dans son lit.

— Et alors ! Il est peut-être plus malin qu'on ne le pense.

— Que voulez-vous dire ? s'étonna le commissaire.

Isidore laissa planer le doute. Un peu trop longtemps, Lamblot lui chipa son idée :

— Un commissionnaire.

— Exact, votre boulanger aurait payé le malfrat que vous avez pisté jusqu'à Monoprix pour éliminer cette jeune fille devenue embarrassante. Je vous conseille de le rencontrer très vite.

Sur ces mots, Isidore prit congé de ses subalternes.

La main sur la poignée de la porte, il ajouta, regardant Avril :

— Et n'oubliez pas ce que je vous ai demandé ?

— Oui, oui, on va le voir très vite.

— Je ne parle pas de ça.

— Ah bon ! de quoi parlez-vous ?

— De la machine à écrire… vous me devez un essai.

9

Mercredi 5 janvier

Très tôt, les deux policiers organisèrent leur journée de travail avec deux priorités : le boulanger et le patron de Martine.

Avril se chargerait du commerçant, qu'il avait prévenu aux aurores, Lamblot interrogerait le directeur, également averti.

Rue Pierre Termier, avant de se présenter à la boulangerie, le commissaire retourna sur les lieux du crime. Le local était fermé et l'on avait apposé des scellés sur la porte.

Planté dans cette impasse où la victime avait été agressée, le policier gambergeait.

Le ciel était couvert, il faisait encore nuit.

Deux jours plus tôt, Martine Béal avait rendez-vous ici avec son funeste destin. Pourquoi elle ? Pourquoi ici ? Il ne croyait pas à un acte délibéré. À ce stade de l'enquête, rien dans la vie de la jeune fille ne le laissait supposer.

La voix d'Ernestine refit surface : « imaginez qu'elle soit enceinte ». Bien maigre mobile pour lui ! À moins qu'elle ait été confrontée à un monstre.

— Je vais pouvoir retourner bientôt dans mon atelier ? dit une voix dans son dos mettant fin à ses réflexions.

Il reconnut Bancel.

— Avant la fin de la semaine, je vous le promets.

La ville se réveillait, on entendait les premiers klaxons sur le cours Fauriel.

Il entra dans la boulangerie.

— Il vous attend, dit la commerçante.

Elle le précéda jusqu'à la cuisine où son mari buvait un café. Sans surprise, il le trouva le teint farineux et les traits fatigués par une longue nuit de travail. Le commissaire prit une chaise et s'installa, à califourchon, face à lui.

Il fixa le boulanger avec une intensité soutenue comme pour le forcer à dire la vérité. Celui-ci paraissait calme et impassible. Sa femme, craignant un coup de sang de son mari, servit un café au fonctionnaire avant de disparaître dans sa boutique.

L'atmosphère se détendit.

— Connaissiez-vous la victime, Monsieur Cornut ?

— Pour ainsi dire pas, je l'ai croisée une fois ou deux dans la rue quand elle rentrait chez elle, un peu plus haut. C'était une jolie fille, c'est tout ce dont je me souviens.

— Votre fils la connaissait, vous en parlait-il ?

— Non, c'est plutôt sa mère qui m'en parlait. Elle était persuadée que Pierrot avait le béguin pour elle.

— Et vous ?

Le commissaire n'avait pas prévu d'embrayer aussi vite sur ce sujet, mais l'occasion se présentait, alors pourquoi donc tourner autour du pot.

— Que voulez-vous dire ? s'énerva Cornut.

— Allons ! vous me comprenez. Une si jolie fille pouvait faire tourner des têtes… Et pourquoi pas la vôtre aussi ?

Bien sûr qu'il comprenait, il reprit une tasse de café tout en réfléchissant à la conduite à tenir. Avril riva son regard sur le sien, devinant les tourments qu'il lui infligeait. Allait-il mentir, tergiverser ou, au contraire, jouer cartes sur table ?

— C'est de l'histoire ancienne et j'ai payé cher.

— Cher ? Comment ça ?

— Trois ans de soupe à la grimace et un gros chèque pour qu'elle m'oublie.

Le ton était à la confidence, autant en profiter, entre hommes, les yeux dans les yeux.

— Votre fils est là ?

— Oui, dans sa chambre.

— On peut le faire venir ?

Le boulanger quitta la cuisine.

Avril l'entendit appeler Pierrot qui ne tarda pas à rappliquer.

Il s'éclaircit la voix avant de prendre la parole.

— Si vous avez quelque chose à dire, c'est le moment. Après il sera trop tard, la machine va se mettre en route, rien ne pourra l'arrêter !

L'instant était solennel, le père et le fils, assis côte à côte, restèrent de marbre.

— Martine Béal était enceinte de trois mois et je ne suis pas loin de penser qu'il s'agit là du mobile du crime.

La brutalité de cette révélation fit l'effet d'une gifle, leurs visages aussitôt se figèrent.

Bien que n'y croyant pas lui-même, il ne pouvait pas faire un trait sur cette hypothèse.

Pierrot, les yeux noyés de chagrin, se leva précipitamment et disparut dans sa chambre.

— Vous n'imaginez pas Pierrot coupable tout de même ?

71

Avril ne répondit pas, il ne lâchait pas des yeux le boulanger qui perdait pied.

— Monsieur Cornut. On a de bonnes raisons de croire que Martine Béal était une fille sérieuse, intelligente et sans histoire. Mais, c'est une piste que l'on ne peut pas ignorer.

— Une dernière chose, où étiez-vous lundi vers 7h30 ?

— Dans mon lit !

***

Pendant ce temps, rue Gutenberg, Lamblot s'apprêtait à rencontrer le patron de Martine. Une hôtesse d'accueil le fit patienter dans un petit salon jouxtant le bureau du directeur.

Un homme d'une quarantaine d'années vint à sa rencontre :

— Je suis Romain Philippon, le directeur technique de la Société d'Ourdissage de Saint-Étienne, notre siège est à Nanterre en région parisienne.

— Ourdissage ?

— C'est un des métiers du tissage. Pour faire simple, dans une pièce de tissu il y a les fils de trame et les fils de chaîne. Nous, notre métier c'est le fil de chaîne que nous enroulons sur de gros cylindres avant de l'expédier vers les métiers à tisser de notre usine de Givors.

— Givors… où habitait Martine Béal !

— Ah bon ! je l'ignorais.

Son visage brusquement changea d'expression,

— J'ai appris cette triste nouvelle hier dans la presse. Martine était une fille intelligente, dynamique et enthousiaste. Cette tragédie nous a bouleversés.

L'homme ne lui paraissait pas sincère. Il l'aurait volontiers rangé dans la catégorie des coureurs de jupons, quant à en faire un assassin…

— Quel était son travail ?

— Elle avait rejoint notre service comptabilité.

— Se confiait-elle sur sa vie ?

— Pas vraiment, c'était une jeune fille discrète. Je sais qu'elle habitait près de la place Villeboeuf. Nous étions presque voisins, j'habite moi-même place Badouillère.

— Vous êtes marié ?

— Drôle de question, Monsieur l'Inspecteur, je ne vois pas le rapport.

— Je vous rappelle que cette jeune fille, votre secrétaire, a été assassinée.

Lamblot si réservé habituellement se surprenait lui-même. Le métier rentrait, il se sentait pousser des ailes.

— Vous ne voyez pas le rapport ? Eh bien, je vais vous l'expliquer. Vous êtes dans le premier cercle de ses relations, et à ce titre vous faites, désolé de vous le dire, partie des suspects. Vous comprenez maintenant ?

L'autre n'en croyait pas ses oreilles, et il comptait bien ne pas se laisser marcher sur les pieds par un minus, tout fonctionnaire de police qu'il fut. Il allait ouvrir la bouche quand l'inspecteur bouillonnant lui lança :

— Inutile donc de vous dire qu'on va éplucher dans les moindres détails vos faits et gestes.

— Mais… Mais, bégaya le cadre.

— J'ai dit suspect, pas coupable.

— Je vais prévenir mon avocat.

— C'est ça, prévenez votre avocat et votre femme. Mais en attendant, est-ce que je peux rencontrer ses collègues ?

— Sa collègue, madame Genévrier, n'est pas là.

— Pas de soucis, je la verrai plus tard. Une dernière chose : où étiez-vous lundi vers 7h30 ?

— Dans le tram, avec de nombreux témoins autour de moi !

L'inspecteur rejoignit la place Bellevue où il sauta dans le premier tram venu. Chemin faisant, il repensait au personnage qu'il venait de rencontrer. Sa réaction à l'évocation de sa vie privée l'interrogeait. Visiblement, il avait trouvé le point sensible.

Quand il pénétra dans le bureau du commissaire, celui-ci semblait somnoler la tête comprimée dans ses longues mains de pianiste. Semblait seulement car les neurones travaillaient à plein régime. Le grincement de la porte lui fit lever les yeux.

— Qu'est-ce que tu comprends à cette affaire ?

Ils se regardèrent avec la même grimace qui, au-delà du mécontentement, révélait leur impuissance.

— Alors, le patron de Martine ? Tes impressions ?

— Difficile de l'imaginer dans cet atelier serrant le cou de cette pauvre fille.

— Restent l'arme du crime et les fibres de laine. On s'y met tout de suite.

Ils déplièrent un plan de la ville sur le bureau.

Le patron positionnait les tailleurs, couturières et autres fournisseurs d'accessoires de confection dont l'inspecteur, plongé dans l'*Annuaire Départemental du Commerce et de l'Industrie*, énonçait les adresses.

Cet inventaire rondement mené, ils se partagèrent la tâche : le commissaire arpenterait le nord tandis que Lamblot sillonnerait le sud.

À 17 heures, les résultats tombèrent et il n'y eut pas de quoi renverser la table.

— Quatre tailleurs, sept couturières, un grossiste, tout ça pour rien. « Jamais vu, connais pas, pas dans notre catalogue », toujours la même rengaine.

Avril ouvrit en grand la fenêtre de son bureau pour prendre un grand bol d'air. Il neigeotait. De l'autre côté de la rue, les élèves de l'école des Mines rejoignaient d'un pas rapide l'arrêt des trolleybus.

La vie continuait et un sale type faisait peut-être la vaisselle sous le regard attendri de son épouse.

« Patience » se dit le commissaire, tu finiras bien par payer.

10

Jeudi 6 janvier
Givors

Lors des funérailles de Martine, Lamblot fit la connaissance de ses deux amies présentes au bal des pompiers. Elles se confièrent longuement au jeune inspecteur et le renseignèrent sur le fameux petit copain que personne à Saint-Étienne ne semblait connaître. Et pour cause, depuis quelques mois, le dénommé Baptiste Verdier jouait à la guéguerre dans les Vosges avec son régiment de Colmar. D'après Chantal, la confidente de Martine, les deux tourtereaux avaient des projets de mariage et se retrouvaient lors des permissions à Lyon. Une fois, elle avait fait le déplacement jusqu'à Strasbourg.

De là à imaginer le militaire père de l'enfant, il n'y avait qu'un pas !

Quant à sa vieille tante, anéantie par la mort de sa nièce, elle avait trouvé refuge chez sa sœur à Nice.

De retour à Saint-Étienne, un coup de fil à Colmar confirma l'alibi du militaire.

***

Avril, de son côté, rencontra Romain Philippon, le patron de la Société d'Ourdissage de Saint-Étienne où travaillait la victime.

Serait-il aussi nerveux que lors du premier entretien ?

Aujourd'hui c'est le commissaire qui venait l'interroger, alors il fit profil bas quand le policier évoqua son emploi du temps à l'heure du crime. « Sur le chemin de mon travail… » s'était-il contenté de répéter. L'entretien poli, pour ne pas dire glacial, n'apporta rien de nouveau.

C'est du côté de madame Genévrier, la collègue de travail de Martine, qu'il espérait en apprendre davantage. Elle approchait de la soixantaine et connaissait l'entreprise sur le bout des doigts et son jeune patron tout aussi bien.

Elle parlait à mots couverts pour ne pas compromettre sa fin de carrière, mais son avis sur le bellâtre transpirait de tous ses pores. Avis que le commissaire résuma ainsi dans son carnet : « un prétentieux qui fait le coq au milieu de toutes ses subordonnées, mais qui file doux dès lors qu'il regagne le cocon familial. Et pour cause, sa femme qui a elle-même sévi au sein de l'entreprise est une tigresse ».

Quand il évoqua une possible aventure entre le patron et sa jeune assistante, elle pouffa de rire :

— Mon Dieu, que dites-vous ? Martine était une fille bien, pas une « Marie-couche-toi-là », si vous voyez ce que je veux dire. Alors, par pitié, enlevez cette image de votre tête… elle salit la mémoire de mademoiselle Béal.

La déclaration accompagnée de quelques larmes émut le fonctionnaire de police qui, pourtant, en avait vu d'autres. Il referma son carnet convaincu du message qu'il venait d'entendre.

Avant de regagner son bureau, il s'arrêta sans y être invité à la boulangerie de la rue Pierre Termier. Le couple Cornut, prostré derrière la banque, semblait l'attendre.

Un point évoqué lors de sa dernière visite méritait quelques précisions. Il détourna son regard vers la boulangère qui n'aimait pas, mais vraiment pas, le sourire en coin du commissaire qui semblait lui dire « avoue ! ». Elle fronça les sourcils d'inquiétude.

— Vous avez déclaré que votre mari se couche à 6 heures du matin après avoir enfourné les viennoiseries. Nous sommes d'accord ?

Elle hocha la tête.

— Sauf que…

Les mouches volaient.

— Sauf que… quand mon collègue Bertignac vous a rencontré le matin du meurtre… je relis ses notes : « les croissants croustillaient sur le comptoir ». Il devait être 8h30.

Puis, après quelques instants de silence, il poursuivit.

— Notez bien que la cuisson des croissants n'est pas mon problème. Mon problème est de savoir quand monsieur votre mari regagne sa couche. À 6 heures ou à 8 heures ? Ce n'est pas la même chose.

Avril enfonça le clou.

— Je vous rappelle Madame Cornut que vous avez déclaré par ailleurs, avant de vous rétracter, ne pas connaître la victime. Et là, avec cette histoire de croissant, je me demande si vous ne me racontez pas des bobards. Ça fait beaucoup, ne trouvez-vous pas ? Et vos mensonges répétés laissent place à beaucoup de suppositions !

Ça faisait beaucoup, en effet, pour sa pauvre femme, alors Marcel, sortant de son mutisme, vint à son secours.

— Ne vous énervez pas commissaire, ma femme, dans l'agitation de cette journée a perdu les pédales. Et pour les croissants c'est très simple : je prépare toutes les fournées, puis c'est elle qui les cuit au fur et à mesure. Voilà, vous savez tout et puis, entre nous, les croissants, ici, à part les bourgeoises du cours Fauriel, on n'en vend pas des kilos.

Le boulanger, tout en parlant, avait retrouvé des forces et posa à son tour une question qu'il allait regretter assez vite :

— Ne seriez-vous pas en train de supposer que c'est moi qui aurais fait le coup ?

— Mon métier, Monsieur Cornut, c'est d'abord de supposer et ensuite de prouver. Et l'heure à laquelle vous êtes dans votre lit peut s'avérer essentielle. Suis-je clair ?

— Absolument.

— Donc je résume : monsieur Cornut est dans son lit, tout comme votre fils ? Quant à madame elle est derrière son comptoir. Disons que c'est un alibi familial, ironisa-t-il.

Restait à mettre tout ça au clair.

Lamblot qui excellait dans cet exercice s'avéra d'un précieux secours. Bérangère se chargea de convoquer les témoins afin qu'ils signent leurs dépositions.

Ainsi passa la journée du vendredi… dans la paperasse !

11

Lundi 10 janvier

L'alerte donnée par une voisine, s'étonnant du remue-ménage dans l'appartement voisin, la quasi-totalité du commissariat avait regagné au pas de course le passage Romanet.

Avril, arrivé un peu plus tard, croisa deux ambulances toutes sirènes hurlantes qui se dirigeaient vers l'hôpital de Bellevue.

Il s'approcha d'un agent.

— Un homme... une fille... ils sont blessés, cria ce dernier.

— C'est grave ?

— Impossible à dire pour l'instant.

Sans plus attendre, il fonça aux urgences.

Se méfiant comme de la peste de Berthier et de sa clique de reporters qu'il venait de croiser photographiant tous azimuts, il occuperait la place avant l'arrivée de renfort.

***

Un homme, victime ou agresseur, était là, face à lui, le crâne enveloppé de gaze chirurgicale et la tête dans les nuages.

Il entreprit immédiatement la fouille de ses vêtements rangés dans une armoire métallique et nota avec surprise que le portefeuille était copieusement garni.

La porte s'ouvrit, un colosse en blouse blanche s'approcha de lui.

— Professeur Marchand, responsable des urgences, on m'a prévenu de votre arrivée commissaire.

Les deux hommes se serrèrent la main.

— Comment va-t-il ?

— Il s'en remettra, il a la tête dure. D'ici un jour ou deux, je pense qu'il pourra répondre à vos questions.

— Et la fille ?

— C'est plus sérieux. La compression des veines jugulaires en stoppant l'irrigation du cerveau l'a plongé dans un coma profond, mais pas irréversible. Elle a eu beaucoup de chance. Quelques secondes de plus et la mort était certaine.

Une infirmière accompagnée de deux gardiens de la paix entra dans la chambre. Elle semblait embarrassée par la présence de ce patient encombrant.

Le commissaire s'adressa aux policiers :

— Un de vous deux reste devant la porte de la chambre, l'autre à l'accueil des urgences. Bien entendu, personne, hormis le personnel soignant, n'entre dans cette chambre. Je vous envoie des renforts.

Ils obtempérèrent.

Avant de quitter l'hôpital, ils se rendirent au chevet de la jeune femme.

Une longue brûlure au niveau du cou laissait peu de doute sur le coupable de cette agression. La pommette droite et la lèvre supérieure étaient largement tuméfiées. Elle s'était débattue tout comme Martine, une semaine plus tôt.

Le contenu du sac à main permit de révéler l'identité de la victime. Quelques produits de maquillage, un billet de train et de trolleybus complétaient l'inventaire.

***

Un silence inhabituel régnait au 99 bis.

Fidèle au poste, Lamblot faisait les cent pas devant le bureau du commissaire.

— Alors ? demanda-t-il.

— Ils vont plus ou moins bien. J'ai bon espoir de les interroger en fin de semaine.

Au fond du couloir, une porte claqua. Les deux policiers se retournèrent… rien !

— Mais enfin que se passe-t-il ici ? Où sont-ils donc tous passés ? s'énerva Avril.

— Ils sont restés rue Romanet, je leur ai demandé de ratisser le quartier et l'immeuble de la victime. Ils ne devraient plus tarder.

Ils se plantèrent, les mains dans les poches, devant une fenêtre près de la cage d'escalier. Les images de cette fin de matinée tournaient et retournaient dans leurs têtes se mêlant à celles de la semaine précédente.

Une fois de plus le même spectacle d'une jeune femme qui avait croisé le chemin d'un tueur. Était-ce le même ? La question leur brûlait les lèvres !

Un téléphone sonna ne les sortant pas de leur torpeur. Ce n'est qu'à la troisième sonnerie que Lamblot percuta :

— Patron… votre téléphone.

Avril se précipita dans son bureau et revint presque immédiatement.

— Le divisionnaire veut nous voir tout de suite.

Isidore derrière son bureau de ministre semblait débarquer d'une autre planète. Lui, dont l'élégance et les nobles manières faisaient jaser jusqu'aux départements voisins, était méconnaissable, le col de sa chemise ouvert et les cheveux en bataille.

— Je rentre de chez le procureur, il n'a qu'un mot à la bouche : « tueur en série » !

— Il va vite en besogne, me semble-t-il, s'étonna Avril, qui pourtant n'était pas loin de penser la même chose.

— Il veut des résultats vite, très vite avant que la presse ne s'en mêle. Vous pensez, une aubaine pour vendre du papier ! Alors… Où en sommes-nous ?

— Tout d'abord, vous pouvez rassurer le procureur, la jeune femme, bien que grièvement blessée, va s'en sortir. J'arrive de l'hôpital et le professeur Marchand est confiant.

— A-t-on son identité ?

— Oui, une dénommée Marlène Sanial âgée de 28 ans.

— Rien d'autre pour l'instant ?

— L'état de santé de l'inconnu s'améliore, nous pourrons l'interroger dans deux jours, trois au plus.

— De qui s'agit-il ? Serait-ce l'agresseur ?

— Je ne le pense pas, à ce stade rien ne le prouve, mais… rien ne prouve le contraire ! Je n'ai trouvé aucun papier d'identité.

— Bizarre !

— Oui, bizarre.

Isidore griffonnait, griffonnait toujours. Ça sentait l'antisèche pour les comptes qu'il aurait à rendre au procureur.

Les deux policiers observaient le patron s'exciter comme une puce. L'ombre d'un semblant de sourire moqueur planait sur leurs lèvres.

À l'étage inférieur, l'effervescence était désormais palpable, l'inspecteur Bertignac, en chef d'orchestre, tentait de diriger le mouvement.

Au passage, Avril le saisit par un bras et l'entraîna dans son bureau.

— Alors, raconte…

— Céleste Grinberg est la locataire de l'appartement. C'est la fille d'Alphonse Grinberg… des Fonderies du même nom à Rive-de-Gier.

— Tu l'as rencontrée ?

— Je ne vous explique pas sa tête quand elle a vu tous ces flics dans son appartement. Heureusement pour elle, la victime n'était plus là.

Tout en parlant, l'inspecteur se dirigea vers la porte.

— Elle est dans mon bureau. Je vais la chercher.

Céleste, une révolutionnaire en herbe qui détestait, plus que tout, les flics, était servie : en civil, en uniforme, il y en avait de partout !

Mais ces trois-là avaient plutôt l'air sympathique et aux petits soins pour celle qu'ils pensaient être l'amie de la victime. On lui proposa une boisson chaude, on la rassura sur l'état de santé de Marlène. Alors elle put s'expliquer.

— Je suis étudiante à l'école des Mines. Marlène, notre domestique, m'accompagne tous les lundis matin.

Ils la regardaient comme une miraculée. Ce silence l'intrigua, le doute s'installa.

— Vous pensez...

Elle n'acheva pas sa phrase. Le cerveau de la jeune fille fonctionnait très vite, plus vite que les mots qui se bousculaient dans sa tête.

— Vous pensez que c'est moi qui... étais la cible ?

Bien sûr qu'ils le pensaient... mais il subsistait un doute.

Les deux inspecteurs se retournèrent vers Avril qui saurait trouver les mots justes.

— Sur l'apparence physique, difficile de vous confondre. Vos visages, vos cheveux, tout diffère. Notre travail va consister maintenant à fouiller dans vos vies respectives pour y trouver peut-être des personnes mal intentionnées. Et là, nous avons besoin de vous.

— Inutile de fouiller, s'offusqua la jeune fille, d'abord mes relations sont peu nombreuses : quelques copines du lycée, quant à ma nouvelle école, j'y suis seulement depuis quelques semaines...

— Très bien, mais... je vous demande quand même de réfléchir. En attendant et si vous êtes d'accord bien évidemment, je pense préférable que pendant quelques jours vous retourniez chez vos parents où nous vous assurerons une protection discrète. Qu'en pensez-vous ?

L'idée ne sembla pas l'enchanter, mais rester seule à Saint-Étienne, froussarde comme elle était, ne l'enchantait pas non plus. Alors, elle se résigna.

Quelques minutes plus tard, à sa sortie du commissariat, un taxi l'attendait.

12

Mardi 11 janvier

Alphonse Grinberg, en personne, accueillit le commissaire accompagné de Lamblot dans sa propriété de Saint-Martin-la-Plaine. Lui, d'habitude si bavard et jovial, semblait perdu dans cette grande demeure.

Une journée avait suffi pour que le monde de l'industriel s'effondre. Et pourtant, il en avait vu de toutes les couleurs dans sa longue carrière : des grèves, des manifestations, des nuits de négociation. Rien ne l'avait déboussolé à ce point.

L'arrivée des policiers parut le réconforter.

Il les fit entrer dans le salon. La moquette surprit les fonctionnaires tant par son épaisseur que par son motif floral aux couleurs douces. Les meubles en acajou massif, richement sculptés et ornés de détails minutieux, les fauteuils cossus et confortables, révélaient le goût des industriels pour le style victorien. Ils prirent place près de la cheminée où quelques bûches se consumaient péniblement. L'industriel saisit le tisonnier et fouilla les braises pour en faire rejaillir le feu.

— Ma domestique est à l'hôpital, ma femme est souffrante et ma fille m'ignore. Que voulez-vous que je fasse ? s'exclama-t-il, prenant les fonctionnaires à témoin.

Ce personnage paraissait si sympathique et si démuni, qu'ils allaient le ménager autant que faire se peut.

— Vous vous rendez compte, je ne peux même pas vous proposer un café. C'est un comble !

Une ombre furtive passa devant la maison.

— Édouard, mon sauveur ! je l'avais oublié celui-là.

Grinberg se précipita à la fenêtre et invita le jardinier à entrer.

— Vous saurez bien nous faire un café n'est-ce pas ?

Tout en bougonnant, l'employé de maison se dirigea vers la cuisine. Passant devant les policiers, il baissa la tête.

— C'est un ours, chuchota l'industriel, mais un brave gars. Il est à notre service depuis quinze ans. Comme aurait dit mon père, « il n'a pas la lumière à tous les étages », mais question élagage, débroussaillage, jardinage, il n'a pas son égal.

— Il vit chez vous ? interrogea Lamblot.

— Non, il a un meublé au village.

— Est-il marié ?

— Marié ? Édouard ? Vous n'y pensez pas ! Les filles lui font peur ! C'est pourtant un bel homme…

— Violent parfois ? insinua le commissaire.

— Cela ne m'étonnerait pas. Il faudrait que vous en parliez au maire de Saint-Joseph. Je crois savoir qu'il a fait parler de lui là-bas.

— Il travaille tous les jours à votre service ?

— Du lundi au vendredi. Mais pourquoi toutes ces questions ?

— La routine cher Monsieur… rien ne doit être laissé au hasard.

— C'est vrai, on discute, on discute, et j'avais oublié l'enquête.

Édouard, habile à la serfouette, n'avait pas la même aisance avec une tasse de café dans chaque main. Les trois hommes le regardèrent arriver en priant Dieu qu'il ne trébuche pas sur la moquette : c'eût été le coup de grâce pour le Ripagérien[3].

L'heure n'était pas à la rigolade et pourtant le jardinier, embarrassé avec ses soucoupes tremblotantes, offrait un spectacle plutôt comique.

Madame Grinberg et sa fille apparurent dans l'encadrement de la porte. Elles ne comprirent pas la situation ubuesque et… ne cherchèrent pas à la comprendre.

Le chef de famille fit les présentations.

Avril se racla discrètement la gorge.

— J'ai une bonne nouvelle, votre domestique est entre de très bonnes mains à l'hôpital de Bellevue.

— Vous me voyez rassurée. J'ai appelé ce matin sans succès. « Pas de renseignement par téléphone » m'a-t-on répondu, ordre de la police !

— Vous comprendrez Madame qu'il convient d'être d'une extrême prudence. Votre employée est sous notre protection jusqu'à ce que son agresseur soit mis hors d'état de nuire.

— Mais qui a bien pu faire une chose pareille ?

— Bien trop tôt pour le dire, mais sachez qu'elle n'était pas seule, un homme gisait à ses côtés.

Un éclair traversa le regard de la maîtresse de maison. Les policiers ne le virent pas.

— L'agresseur ?

---

[3] Habitant de Rive-de-Gier

— On ne sait rien sur lui, nous n'avons pas retrouvé de pièce d'identité.

Le commissaire marqua un temps d'arrêt, regardant tour à tour ses deux interlocuteurs. Céleste, en retrait, n'avait encore rien dit.

— Madame Grinberg, Monsieur Grinberg, dit-il posément, sans doute pouvez-vous nous aider à comprendre ? J'imagine que vous avez de nombreuses relations, de nombreux amis, de la famille… Des ennemis aussi ?

— Peut-être bien que oui, mais pourquoi s'en prendraient-ils à ma femme de ménage ?

— Je comprends votre étonnement… soit il s'agit d'un énergumène qui frappe au hasard, soit il faut chercher parmi vos proches relations, y compris votre personnel. Dans ce cas, votre aide est primordiale, je vous demande de bien réfléchir.

Le couple échangea de longs regards sans rien dire.

Face à eux, Lamblot, feignant de consulter ses notes, jetait quelques coups d'œil dans leur direction avec l'espoir de déceler sur leur visage un doute, une hésitation.

— Il y a bien Édouard, dont nous avons parlé tout à l'heure, mais jamais au grand jamais je ne l'imagine faire une chose pareille. Je ne sais même pas s'ils s'adressaient la parole.

Avril détourna son regard vers Céleste qui comprit qu'elle n'allait pas s'en tirer aussi vite qu'elle ne l'espérait.

— Racontez-moi votre journée d'hier matin, s'il vous plaît, mademoiselle.

Elle prit le temps de la réflexion, cherchant la meilleure réponse pour contrarier le fonctionnaire.

— Je vous l'ai déjà dit ! s'agaça-t-elle.

Ça commençait mal. Il n'allait tout de même pas se laisser marcher sur les pieds par une gamine.

Il respira calmement.

— Et bien redites-le moi…

— Marlène m'accompagne tous les lundis matin pour faire le ménage chez moi, à Saint-Étienne. Mais je ne suis pas dupe, ma chère maman ne veut pas que sa fifille prenne le train toute seule, déclama-t-elle sur le ton d'une fillette bien élevée.

— Très bien, et ensuite ?

— Ensuite, nous prenons le trolleybus.

Nouvelle pause accompagnée de regards moqueurs vers sa mère et, bizarrement, sans la moindre attention pour son père.

— Très bien, et ensuite ?

Elle était têtue, mais comprit vite qu'il l'était lui aussi et, à ce jeu-là, elle n'était pas sûre de gagner. Alors, après une profonde inspiration, elle vida son sac.

— Ensuite je suis allée en cours. J'ai trois bonnes amies, Catherine Vogel, Juliette Issartel et Laura Simonetti. J'ai un copain Bertrand Cocq que j'aime bien, mais sans plus… et aucun professeur ne me drague. Voilà ! êtes-vous satisfait, Monsieur le fonctionnaire ?

Il comprit rapidement qu'il n'obtiendrait rien de plus aujourd'hui, mais il les avait prévenus, rien n'échapperait au flair des policiers.

— Je vous laisse réfléchir. Je vous attends vendredi au commissariat du cours Fauriel à Saint-Étienne pour enregistrer vos déclarations. Disons 10 heures.

L'industriel les accompagna jusqu'au perron. Pour une première rencontre, le commissaire, comme il s'y attendait, n'avait pas avancé d'un pouce. Une seule chose néanmoins l'interrogeait.

— Votre fille ne me semble pas très coopérative avec la police. Rassurez-vous, le contraire m'eut tout autant étonné, mais... j'ai le sentiment qu'entre vous il y a, comment dire, une certaine distance. Je me trompe ?

— Non bien sûr, comme toutes les filles de son âge, Céleste veut affirmer son indépendance. D'une manière générale, elle n'aime pas l'autorité au premier rang de laquelle se trouvent les policiers suivis de très près par les parents.

— Sans doute avez-vous raison...

Dans un coin du magnifique parc, ils aperçurent Édouard ramassant des feuilles.

— Je vais aller le voir.

Grinberg hocha la tête avant de faire demi-tour.

Le déplacement s'avéra inutile tant le jardinier fut incapable de répondre, ou feignit de ne rien comprendre aux allégations du policier. Soit c'était un fieffé imbécile, soit un comédien de premier plan. Avril opta pour la première affirmation.

Les policiers n'avaient pas encore franchi le portail que Bénédicte Grinberg se précipita dans sa chambre pour téléphoner !

13

Le temps pressait, le juge ne tarderait pas à lui demander des comptes.

À 14 heures, après avoir pris un café tout près de chez lui, Avril regagna le commissariat. Chardon, le journaliste, était déjà là à tourner en rond dans le couloir.

— Plus tard, lui dit-il, avant de se réfugier dans son bureau.

La question qu'il se posait, que tout le monde se posait, monopolisait toute son énergie : y avait-il un lien entre les deux affaires ?

Alors, singeant un de ses professeurs de la faculté de droit qui citait Descartes à tout bout de champ, il lança à la face des inspecteurs qui entraient dans son bureau :

— De la méthode, de la méthode…

— Ça ne va pas Serge ? s'étonna Bertignac.

— On va reprendre depuis le début, se contenta-t-il de dire.

Le commissaire tournait les pages de son carnet, relisait ses notes, interrogeait ses collègues du regard.

Face à lui, les policiers, loin, très loin de Descartes, pataugeaient dans la semoule. Ils n'avaient qu'une chose à faire : attendre que le patron atterrisse.

— On a plusieurs crimes sur les bras, et rien ne nous dit s'ils sont le fait du même homme et s'il ne va pas récidiver ! Donc, je propose la chose suivante : dans un premier temps, nous allons considérer ces enquêtes distinctement. Inutile de reprendre le travail sur le terrain, nous avons suffisamment de notes qu'il faut rééplucher. Je pense bien entendu aux témoignages et aux alibis des potentiels suspects.

— Des potentiels suspects ? s'étonna Lamblot.

— Tu as raison… j'aurais dû dire : de tout le monde !

Avant de poursuivre, il fit deux fois le tour du bureau avec à chaque fois une pause devant la fenêtre à regarder les passants. Ce petit manège le calmait, c'était sa manière de réfléchir.

— Ensuite, nous étudierons l'hypothèse que nous ayons affaire à un seul et même meurtrier. En cela, le travail que je viens de vous confier est primordial. C'est en examinant tous les détails de ces deux crimes que nous trouverons, peut-être, ce qui les réunit.

Avant qu'ils ne se séparent, Avril jeta un œil dans le couloir. Chardon avait perdu patience, le champ était libre.

***

À l'hôpital, devant la porte de Marlène, un gardien de la paix veillait.

— Pas de problème ?

— Tout va bien commissaire.

— Pas de visites intempestives ?

— Non, j'ai bien vu quelques photographes qui rôdaient, mais le képi les a fait fuir.

— Parfait… reste vigilant, ils sont capables de tout, de se déguiser en infirmiers par exemple pour décrocher la timbale.

À l'autre bout du couloir, le professeur Marchand entouré d'une cohorte d'infirmières faisait la tournée matinale de ses patients. Il aperçut Avril et vint à sa rencontre. Ils pénétrèrent dans la chambre de Marlène.

Elle dormait.

— Son état est stable, mais reste préoccupant. Nous l'avons mise sous sédatif.

— À cause de la douleur ? s'enquit le policier.

— Oui, mais pas seulement. Comment dire simplement ? En la plongeant dans un sommeil profond, on ralentit le flux sanguin ce qui diminue la pression intracrânienne.

— Ce qui pourrait lui être préjudiciable ?

— Vous avez compris, mais je suppose que vous allez me demander quand vous pourrez l'interroger.

— Vous supposez bien.

— Difficile à dire, plusieurs jours, il faudra être patient et espérer qu'elle n'aura pas de séquelles.

Ils quittèrent la chambre.

Dans le couloir, le groupe d'infirmières s'était rapproché comme pour rappeler le professeur à ses devoirs.

— J'arrive, leur lança-t-il.

Puis se retournant vers le policier.

— Je suis désolé, je ne peux vous accompagner vers votre autre blessé, mais sachez que son état s'améliore de jour en jour, vous pourrez l'interroger d'ici un jour ou deux maximum.

Sur quoi, il tourna les talons et rejoignit, tout sourire, le groupe d'admiratrices en blouses blanches qui l'attendait.

Avant de pousser la porte de la chambre de l'inconnu, qu'il venait d'entrouvrir, il fit signe au gardien de la paix.

— Rien à signaler de ce côté-là ?

— Rien.

Le patient, profitant de l'ouverture de la porte, n'avait pas perdu une miette de la conversation du commissaire. N'ayant pas l'intention de répondre à ses questions, il fit semblant de dormir.

Malheureusement pour lui ce n'était que partie remise, car dès son arrivée cours Fauriel, Avril reçut un appel du professeur Marchand : il « libérerait » son patient encombrant dès le lendemain.

La libération prochaine de celui que l'on surnommait déjà « l'étrangleur », souleva un vent de panique dans les couloirs de l'hôpital.

Inutile de dire que les reporters comprirent l'intérêt journalistique de l'évènement. Alors, faute de pouvoir faire des photos intéressantes tant ils étaient tenus à distance, ils allaient noircir du papier.

14

Mercredi 12 janvier

L'épais brouillard tombé sur la ville pendant la nuit se dissipait peu à peu. Le trottoir restait glissant en dépit du chemin de cendres tracé tôt le matin par les cantonniers. Avril releva le col de son manteau. L'air polaire lui paralysait le visage.

Dès les abords du commissariat, il perçut une agitation inhabituelle et quelque peu électrique. Pas besoin d'un dessin, l'information sur l'interrogatoire d'un suspect avait fuité.

Le Tub Citroën noir et blanc stationnait devant l'entrée principale. Un cordon de gardiens de la paix ceinturait le véhicule de police, empêchant les photographes d'approcher de trop près.

La circulation sur le cours ralentit.

Des badauds sur le trottoir d'en face formaient déjà un groupe compact. Un bus ralentit jusqu'à s'arrêter. Tous les passagers s'agglutinèrent du côté où allait se dérouler le spectacle. Malheureusement pour eux, rien ne se passa, et c'est à regret que le chauffeur enclencha la première. D'aucuns se demandaient même si l'assassin de Martine Béal allait enfin apparaître. Une vieille dame chargée de cabas rencontra des difficultés pour se frayer un passage au milieu de ce qu'elle pensait être une manifestation. C'est en râlant qu'elle se faufila parmi les curieux.

Avril marqua le pas.

Il ne voulait pas être assailli par les reporters qui ne se gêneraient pas pour lui poser mille questions. Il opéra donc un repli stratégique et trouva refuge dans le Café des Marronniers.

Mauvaise pioche : Berthier était là et semblait l'attendre.

D'office, le policier l'avait classé dans la catégorie des m'as-tu-vu.

Quatre ans plus tôt, il débarquait de Lons-le-Saunier où déjà il grattait du papier dans une feuille de chou locale. Seulement quelques piges qu'il terminait humblement par ses initiales. Grand, mince, séducteur, sa vie bascula avec la rencontre de sa future épouse qui le propulsa dans le tourbillon de la presse régionale. Il fit un trait sur son passé et grâce, un peu à son talent, beaucoup aux relations de madame, le voilà devenu rédacteur en chef de *La Tribune*. Belle réussite qui faisait quelques jaloux parmi lesquels figurait en bonne place, le commissaire.

Le « rédac'chef » comme l'appelaient ses collaborateurs, n'aimait pas la foule, les bousculades, aussi les laissait-il jouer des coudes dans cette agitation. Le vieux brisquard savait bien qu'il n'y avait rien à espérer de ce côté-là. Il attendait sagement que l'information vienne à lui, comme le lion dans la savane attend tranquillement, à l'ombre d'un acacia, que son festin daigne s'approcher.

Et aujourd'hui encore, il ne s'était pas trompé.

— Bonjour commissaire, je vous attendais, dit-il, un cigare aux lèvres qu'il fumait avec gourmandise.

— Berthier, vous ici, je vous croyais à Chamonix ou en train de faire le siège de mon commissariat comme vos gratte-papiers, ironisa-t-il.

Ils trouvaient un malin plaisir à jouer au chat et à la souris. Tout au long de leur relation, les rôles avaient souvent été inversés.

Tantôt, le journaliste faisait les cent pas devant le bureau du fonctionnaire pour glaner une bribe d'information. Tantôt le flic le soudoyait quand il était persuadé que celui-ci disposait de renseignements de premier ordre. Car il avait la conviction qu'au-delà de ses prérogatives professionnelles, le rédacteur en chef se glissait souvent dans le costume d'un flic.

Qu'en serait-il aujourd'hui ?

— Le privilège que l'on vous accorde pour arpenter les couloirs de la « maison poulaga[4] » ne vous suffit donc pas mon cher ? Vous venez me harceler jusque dans mes retranchements !

Il allait continuer sur ce terrain quand il aperçut sur la table, devant lui, le journal grand ouvert à la page des faits divers. Berthier, l'instigateur de cette mise en scène, fit un signe de la tête invitant le policier à jeter un œil sur sa prose.

L'ÉTRANGLEUR DE LA RUE PIERRE TERMIER BIENTÔT SOUS LES VERROUS !

La fièvre des grands jours était palpable hier dans les couloirs du 99 bis cours Fauriel. Interrogatoires, traques se

---

[4] À l'origine, le 36 quai des Orfèvres puis très vite l'expression est reprise pour tous les commissariats.

succèdent depuis le début de la semaine. C'est à croire qu'il y a du nouveau dans l'affaire « Martine Béal ».

Petit retour en arrière, pour nos lecteurs qui auraient perdu le fil de cette enquête pour le moins complexe.

Le 3 janvier, le corps sans vie de Martine Béal est retrouvé au petit matin dans un local désaffecté de la rue Pierre Termier, à deux pas du cours Fauriel. Les premiers éléments de l'enquête indiquent que cette jeune fille âgée de 24 ans a été assassinée par strangulation. De nombreuses ecchymoses relevées sur ses bras témoignent de la violence de l'agression.

Deux inspecteurs, sous l'autorité du commissaire Avril, conduisent l'enquête. D'après nos propres sources, une série d'interrogatoires est diligentée, sans résultat probant. C'est ce que l'on peut supposer au regard des informations qui parviennent à franchir le seuil du commissariat. L'hypothèse d'un crime perpétré par un sadique ou un maniaque semble, pour l'heure, privilégiée. À noter tout de même qu'aucun sévice sexuel n'a été constaté. L'assassin aurait-il été empêché dans son dessein macabre ? ...

Sans rien dire, le commissaire interrompit sa lecture et se dirigea vers la porte d'entrée du bar. Il observa, un long moment, la scène qui se déroulait devant le commissariat, un sourire discret au coin des lèvres. Berthier, à qui rien n'échappait, releva ce changement d'attitude.

— Toujours pas d'étrangleur en vue ? Interrogea-t-il. Qu'attendez-vous ?

— Trop de monde... trop d'énervés... trop de photographes.

— Voulez-vous que je vous dise ? jubila le journaliste.

— Allez-y, vous en mourez d'envie.

Berthier se redressa sur sa chaise et, discrètement, se pencha en direction du fonctionnaire de police qui l'avait rejoint.

— Je parierais qu'il s'agit d'une personne connue. Un notable, un sportif, que sais-je ?

— Pas bête !

Avant que l'autre ne renchérisse et, sentant bien la manœuvre du gratte-papier avide d'arracher une exclusivité, Avril poursuivit sa lecture.

Le quartier, la ville, retiennent leur souffle. Les jeunes filles interrogées par nos reporters ont peur. Passé 19 heures, elles ne sortent qu'accompagnées. La place Villeboeuf, mais aussi les quartiers alentour, la Vivaraize, Saint-Roch et Chavanelle, sont désertés. Et comme si cela ne suffisait pas, un brouillard épais couvre le département depuis plusieurs jours, accentuant le sentiment d'angoisse qui pèse sur la ville.

— Un épais brouillard ? se moqua le commissaire. Vous ne trouvez pas que vous en faites un peu trop ?

— C'est mon côté poète. Mes lecteurs me connaissent, ils me pardonneront.

Le policier reprit sa lecture.

L'enquête piétine…

Aucune information, même anodine, ne filtre. Et puis… hier, tout le monde a cru qu'enfin l'enquête était relancée. Plusieurs véhicules de police ont quadrillé les rues proches du lieu du crime.

L'embellie a été de courte durée : le commissaire Avril interrogé par notre reporter lui lance un laconique : « RAS » (ndlr : rien à signaler). Pourtant, dans le quartier, les langues se délient. Une commerçante, qui veut garder l'anonymat, raconte : « hier, les policiers sont intervenus en face du magasin (ndlr : angle cours Fauriel et passage Émile Romanet). Ils sont ressortis avec deux civières... ». Assassin ? Victime ? Sans doute les deux !

Un peu d'espoir tout de même... nous apprenons à l'instant que de nombreuses personnes ont été interrogées en fin de semaine. D'après des sources proches de l'enquête, et que nous avons pu vérifier, elles n'ont pas été inquiétées. Quant aux deux blessés transportés à l'hôpital de Bellevue, on peut confirmer qu'il s'agit d'une jeune femme et vraisemblablement... de son agresseur.

Une chose est sûre cependant, il devrait être interrogé ce matin même au commissariat central de Fauriel.

Avril plia soigneusement le journal qu'il remit au journaliste. Il se racla la gorge comme pour donner l'illusion qu'il était disposé à s'épancher sur le sujet. C'était mal le connaître, lui, si avare de confessions. Berthier n'était pas dupe, il n'obtiendrait rien aujourd'hui. Il tenta une dernière botte :

— J'y suis, c'est un politique !

— Vous êtes un malin, mais à ce jeu-là... nous sommes deux.

— Dans tous les cas, il est dans le pétrin... surenchérit le journaleux.

— Vous ne croyez pas si bien dire, railla le commissaire semant le doute dans la tête du journaliste.

Il avait déjà une main sur la poignée de la porte quand il se retourna vers Berthier, un sourire moqueur sur les lèvres, avant de lâcher, s'adressant au patron du bar :

— Gaston, le café du pigiste, c'est pour moi !

Dehors, les curieux découragés quittaient peu à peu le pavé. La pluie qui s'installait eut raison des plus téméraires. Seuls les photographes, rompus à cet exercice, gardaient espoir.

Avril s'approcha.

À son signal, le panier à salade allait libérer son précieux voyageur. Il s'apprêtait à traverser le cours quand on l'interpella.

— Serge ?

Il se retourna et ne reconnut pas tout de suite son interlocuteur qui lui rafraîchit la mémoire.

— Polégato.

— Adrien, excuse-moi, j'avais la tête ailleurs. Comment vas-tu ? Tu as quitté ta campagne, tes monts du Forez ?

— Oui, une visite rapide à notre grand chef.

Les deux hommes se connaissaient depuis l'arrivée du commissaire Polégato à Montbrison et se rencontraient lors des grandes messes trimestrielles servies par Isidore. Ils avaient la même approche pragmatique du métier et la même allergie concernant la bureaucratie envahissante. Du coup, ils avaient sympathisé.

Ils s'approchèrent tous les deux à l'arrière du Tub Citroën puis jetèrent un coup d'œil à l'intérieur. Privilège du grade, Avril ouvrit lui-même la portière, libérant le crépitement des appareils photo et la tension accumulée par les quelques spectateurs trempés jusqu'aux os.

La scène ne dura que quelques secondes.

Le prisonnier, cerné par une meute de gardiens de la paix, disparut dans les profondeurs du commissariat.

Avril, tendu lui aussi, suivit le mouvement laissant Polégato sur le carreau. C'est seulement dans le hall d'entrée qu'il se rendit compte de sa bévue. Il fit demi-tour à la recherche de son collègue.

Il ne le vit pas tout de suite jusqu'à ce qu'il l'aperçoive adossé à un arbre, comme s'il avait reçu un coup de massue sur la tête…

— Ça ne va pas Adrien ?

— Je me demande si je n'ai pas rêvé…

— De quoi parles-tu ?

— De ton…

— Du suspect ?

— C'est ça, du suspect… je le connais… je le connais même très bien.

Polégato rêvait. Avril se demandait si lui aussi ne rêvait pas. Un ange passa quand enfin, le premier rêveur atterrit :

— C'est Nick. Nick Malone !

DEUXIÈME PARTIE

15

Quelques jours plus tôt, lundi 20 décembre

— Qu'a-t-elle dit ?
— Elle repassera cet après-midi à 15 heures précises, elle était pressée et ne pouvait attendre plus longtemps.
— Rien sur ce qui l'amène ici ?
— Rien, elle m'a juste demandé les tarifs.
— Et alors ?
— Vu son allure… le barème 3.
Le barème 3, le préféré de Nick, celui réservé au gratin de la bourgeoisie qui comblerait la trésorerie de l'officine, car, depuis le dossier Bergerac[5] et la gratification reçue du ministère des Armées, les affaires du détective n'invitaient pas à la paresse.

Il était grand temps de signer un contrat qui redonne le sourire à sa secrétaire, à son banquier et à Nordine, le patron du Marrakech où le crédit couscous explosait.

Il chargea une pellicule neuve dans le Réflex, releva le col de son pardessus jusqu'aux oreilles, salua son assistante et descendit quatre à quatre les escaliers en sifflotant.
Un petit contrat à régler et il serait là à l'heure dite. Rien au monde ne pourrait l'en empêcher. Geneviève, son assistante, avait flairé l'affaire du siècle, il l'aurait parié !

---

[5] Cf « Quoi qu'il en coûte »

La rue Tarentaize, réveillée par le brouhaha des poubelles, s'affairait. Le marchand de journaux, en bras de chemise malgré la froidure, discutait devant sa boutique, avec deux cantonniers en appui sur leurs balais.

Il prit la direction de la Grand-Rue afin d'attraper le premier tram venu, direction La Terrasse.

Sa « cible » du jour : un officier de la Manu[6], faisait partie de ceux qu'il classait dans la catégorie des « récurrents ». Comprenez que le militaire, de par son appétit pour la galipette, lui assurait des revenus réguliers. Pas de quoi tout de même casser trois pattes à un canard mais, par les temps qui courent, il savait s'en contenter !

Sa mission, d'une simplicité biblique, consistait à guetter la sortie du Don Juan jusqu'à l'arrivée de la pécheresse afin d'immortaliser sur papier glacé les retrouvailles passionnées. Du travail d'amateur !

Mais ce matin-là, le militaire d'habitude si ponctuel n'eut pas le loisir de céder aux chants des sirènes, car ladite sirène, lasse de l'uniforme, barbotait sous d'autres latitudes.

Restait le rendez-vous de l'après-midi. Il croisa les doigts.

À 15 heures précises, on frappa à la porte.

Nick, sur ses gardes, devança sa secrétaire pour accueillir celle qui allait lui redonner le sourire. Il ne tarda pas d'ailleurs à espérer le meilleur quand il vit le vison sur les épaules de sa visiteuse. Il imagina les commères du quartier, se retournant au passage du précieux animal.

Pas une ride, elle avait noble allure. Sous la fourrure, un tailleur gris de coupe très sobre, du même gris que ses cheveux. La cinquantaine, elle en paraissait dix de moins.

---

[6] Manufacture d'Armes de Saint-Étienne

Nick l'invita à s'asseoir et lui proposa de poser son manteau, ce qu'elle refusa :

— Inutile, je n'en ai pas pour très longtemps.

D'un coup d'œil circulaire, elle fit l'état des lieux sans rien dire. Son regard s'arrêta sur la porte du bureau de la secrétaire restée entrouverte. Elle fronça les sourcils. Geneviève lui adressa un vague sourire de circonstance. Le détective comprit le message et alla fermer la porte.

— Je suis Bénédicte Grinberg de Rive-de-Gier.

— Grinberg, comme les fonderies ?

— C'est exact. L'arrière-arrière-grand-père de mon mari a créé l'entreprise au début du siècle dernier.

Nick l'observait attentivement et perçut dans son regard une lueur d'inquiétude, l'objet de sa visite semblait difficile à exposer. Elle hésitait, les secondes s'égrenaient... Puis enfin, d'une voix décidée, elle se lança :

— Ainsi vous êtes Monsieur Malone, on m'a parlé de vous. Des amis, m'ont affirmé que vous étiez rapide, mais surtout discret.

— Et je suppose que c'est ce dernier point qui vous a convaincu de venir me voir.

— Vous supposez bien, Monsieur le détective.

Nick sortit un carnet et s'apprêtait à recueillir les confessions de sa cliente.

— Je ne crois pas qu'il soit utile de prendre des notes, Monsieur Malone, ce que j'ai à vous dire tient en deux mots : on m'a volé une lettre et je vous demande de la récupérer le plus vite possible.

— Avez-vous une idée de l'endroit où a été commis ce vol ?

— Absolument, chez moi, dans mon secrétaire. Et je pense connaitre le voleur : Félix Martin, notre chauffeur.

Le sujet étant sensible, il devait agir avec tact et doigté, aussi évita-t-il de remuer le couteau dans la plaie. Une question, tout de même, lui brûlait les lèvres :

— Pouvez-vous me dire deux mots sur votre chauffeur ?

Il lui demandait deux mots, elle se fendit de trois !

— La quarantaine, grand, mince.

Il l'aurait parié, rien d'original dans cette affaire : le beau Félix conduisait monsieur dans l'enfer de la fonderie avant de transporter madame vers des rivages interdits, baignés de soleil et… d'amour !

La pécheresse vit dans le regard du détective le soupçon qui pesait sur elle, alors, pour couper court à d'autres questions embarrassantes, elle prit les devants :

— Je voudrais que vous rencontriez Félix afin qu'il vous restitue cette lettre… Il nous a quittés il y a quinze jours, et je me suis rendu compte du vol il y a seulement trois jours. Je suis décidée à lui donner dix mille francs. S'il refuse cette somme, je préviendrai la police.

« Pipeau » songea Nick. Recourir à la police, c'était le scandale assuré. Et du scandale elle n'en voulait pas pour tout l'or du monde !

— Avez-vous une idée de l'endroit où je peux le trouver ?

— Il vit à Saint-Martin-la-Plaine, dans un garni au-dessus du restaurant La Taverne où il lui arrive de déjeuner, me semble-t-il…

— D'autres personnes sont-elles à votre service ?

— Oui, Édouard le jardinier, Madeleine la cuisinière et Marlène, la femme de ménage. Mais je ne les imagine pas une seconde commettre une telle vilenie.

Déjà elle se levait, pressée d'en finir avec ses révélations. Elle n'était pas dupe et avait honte de se livrer à un inconnu qui allait, sans aucun doute, la juger dévergondée.

Avant de partir, elle glissa une enveloppe dans la main du détective.

— Voici vos honoraires ainsi que ma carte de visite pour me joindre…

Nick n'ouvrit pas l'enveloppe. Il paraît qu'entre gens du monde cela ne se fait pas. D'ailleurs, l'épaisseur du paquet suffisait à le rassurer.

Il la raccompagna sur le palier où, chose inattendue, elle lui serra la main vigoureusement.

— Je compte sur vous, Monsieur Malone. Je suis à Saint-Étienne jeudi, peut-être pourrons-nous nous rencontrer pour faire un premier point ?

— Mais bien sûr, 10 heures, cela vous convient-il ?

— Parfait. Une dernière chose : quand vous aurez rempli votre contrat, je doublerai la mise.

À peine eut-elle le dos tourné qu'il se précipita dans le bureau de Geneviève et lui tendit l'enveloppe qu'elle ouvrit aussitôt.

— Des Corneille[7], que des Corneille, fredonna-t-elle.

Le détective, près de la fenêtre, ne quittait pas des yeux le trottoir d'en face. Un taxi attendait, entouré de gamins désœuvrés qui reluquaient la DS19 flambant neuve.

— Par paquets de dix, entendit-il.

Le vison s'engouffra dans le véhicule qui démarra aussitôt.

Dans son dos, la secrétaire ne lâchait pas son magot. Elle comptait, recomptait. Rien ne pouvait la distraire, même le patron qui enfilait son imperméable et s'apprêtait à la

---

[7]Corneille : billet de 100 francs (150 euros, compte tenu de l'inflation cumulée)

quitter. Il attendit néanmoins le dernier couplet qui résonna dans le bureau comme un feu d'artifice.

— 10 paquets !

— 9, rétorqua Nick subtilisant une liasse qu'il mit dans sa poche.

La joie de vivre retrouvée, il dévala les trois étages.

Pas une minute à perdre, il fit une étape rapide au Marrakech pour régler son ardoise puis laissa son cabriolet au Garage du Clapier pour une révision complète et un nettoyage de fond en comble.

Devant la mine ahurie du patron, avec qui il avait partagé les bancs de l'école primaire de Tardy, il déclama :

— Vous terminerez par un lustrage cher ami, je récupérerai mon carrosse demain à 11 heures.

Il glissa un billet au commis, tourna les talons et quitta le garage sous le regard surpris, c'est le moins que l'on puisse dire, des hommes en bleu de travail.

Décidemment, Corneille redonnait le sourire partout où il passait.

16

Mardi 21 décembre

Un jeune homme dressait les couverts sur les nappes à damier rouge et blanc du restaurant La Taverne.

Il était tout juste midi et déjà la salle se remplissait. En semaine, les représentants de commerce, qui s'étaient passés le mot, se retrouvaient à cette « table » réputée.

En entrant, Nick se rappela les paroles de Bénédicte Grinberg : « quand vous aurez rempli votre contrat, je doublerai la mise ».

Elle était belle la vie en cette fin d'année et pour couronner le tout, il flottait dans la salle une odeur alléchante de volaille grillée.

Le détective ne se laissa pas distraire par ce fumet et se dirigea vers le comptoir où un gros gaillard, au teint rougeot, officiait.

Contrairement à ses habitudes, pas question de louvoyer, sa commanditaire semblait très pressée.

Il s'adressa au patron.

— Félix n'est pas là ? Je souhaiterais lui parler.

— Félix, Félix, attendez voir... Quel jour sommes-nous ?

— Mardi.

— Eh bien s'il n'est pas là, il ne devrait pas tarder. Je vous l'envoie dès qu'il arrive.

La chance sourit aux audacieux, c'est bien connu. Depuis sa rencontre de la veille, elle ne le quittait pas.

Une autre surprise l'attendait…

Un ange blond, descendu des contreforts du Pilat mais qu'on aurait pu croire débarqué des plateaux enneigés de Laponie, vint à sa rencontre. Elle avait des yeux d'un bleu comme il n'en existe guère sous nos latitudes.

— Une table, Monsieur ?

Il fit oui d'un signe de la tête et suivit les deux nattes de la pseudo-Scandinave qui répondait au doux nom de Bernadette.

C'est ainsi que le Stéphanois se retrouva tout près de la table de deux marchands d'électroménager débarquant de Vénissieux et faisant route vers la lointaine Auvergne où des foyers reculés restaient à conquérir.

Passée la salade de pieds de cochon, l'ex-chauffeur des Grinberg n'avait toujours pas donné signe de vie.

Bien que le moral commençât à vaciller, il s'attaqua au poulet de Bresse qui, même s'il n'avait jamais vu les plaines marécageuses de l'Ain, en avait la saveur.

Au comptoir, la Laponne s'activait devant le percolateur tandis que le patron encaissait la monnaie. Un brin découragé, il le rejoignit

— Toujours rien ? demanda-t-il.

Celui-ci, surpris, leva la tête et réfléchit deux secondes.

— Bon sang ! J'ai mangé la consigne.

Puis se retournant vers la salle bruyante, il lança :

— Félix, on te demande !

La réaction du chauffeur se fit attendre.

Sans doute se débattait-il avec une cuisse de poulet. Il finit tout de même par se lever après s'être essuyé la commissure des lèvres.

Il avait des manières et de l'allure le beau Félix, ce qui confortait, aux yeux du Stéphanois, son idée sur les supposés penchants de madame Grinberg.

Le restaurateur fit les présentations. Nick engagea la conversation.

— Avez-vous deux minutes ? J'aimerais vous parler.

— Je vous écoute… j'ai tout mon temps.

— Vous ne travaillez pas ?

— Je ne travaille plus depuis quinze jours.

— Vous cherchez du travail ?

— C'est à voir. Pourquoi pas ? Vous avez quelque chose à me proposer ? Je ne me souviens pas vous avoir jamais rencontré.

— Moi je vous connais. J'ai passé quelques années dans la police et aujourd'hui… disons que je suis à mon compte.

— Détective ?

— C'est ça !

Plutôt que de l'affoler, cette révélation fit sourire le chauffeur.

— Attendez, laissez-moi réfléchir deux secondes.

Il se gratta le menton.

— Je parierais que c'est l'autre folle qui vous a engagé.

— Quelle folle ?

— La baronne… Bénédicte Grinberg !

— Folle de vous ?

— Que voulez-vous dire ?

— Elle est riche, plus très jeune. Vous êtes beau garçon, fauché, tous les ingrédients pour une aventure.

— Et alors ! Où est le problème ?

— Jusqu'ici il n'y a pas de problème.

Les VRP, repus, jouaient des coudes au comptoir pour s'approcher du percolateur. Le détective invita Félix à rejoindre un endroit plus paisible.

— La passade s'éternise et vous y prenez goût. Après tout, la baronne, comme vous dites, a de beaux restes et elle est très généreuse.

— Un vrai conte de fées, se moqua Félix, mais si vous êtes là je suppose qu'il y a un hic, n'est-ce pas ?

— Bien vu, la passion s'étiole de votre côté, mais aussi du sien. Les gratifications se font de plus en plus rares et ne vous suffisent plus.

Impassible, Félix écoutait, curieux de connaître la suite. Un sourire malicieux éclairait son visage.

Nick commençait à douter.

Et s'il se trompait ? N'était-il pas allé un peu vite avec cette hypothétique relation ? La lettre volée était-elle d'une tout autre nature ? Il continua sur sa lancée.

— La fin de l'aventure est proche. Il faut assurer vos arrières et c'est elle qui vous donne la solution. Elle a commis une faute. Une seule. Vous la tenez, elle est coincée !

— Une faute ? Madame Grinberg ? C'est mal la connaître. Et quelle faute aurait-elle commise me concernant ? Franchement vous me faites bien rire !

— Disons qu'une chose précieuse a disparu en même temps que vous.

— Et, bien sûr, elle me croit coupable.

— C'est ça, elle vous croit coupable mais elle est prête à vous pardonner.

— Et à me donner une coquette somme d'argent ? ironisa Félix.

— Dix mille francs.

— À ce prix-là, c'est plus de l'amour, c'est de la rage. Vous pensez bien qu'avec une telle proposition : pourquoi jouer les innocents ? Seulement, il y a un problème.

Le détective le fixa avec une intensité soutenue comme s'il cherchait à traquer le mensonge qu'il allait lui dire.

— Ah oui ? Lequel ?

— Cet objet précieux, je ne l'ai pas volé. Vous vous fourvoyez, et c'est bien malheureux !

Le chauffeur l'avait presque convaincu, à moins que ce ne soit un sacré menteur.

Avant de se quitter, ils commandèrent un café et restèrent silencieux quelques instants.

— Vous m'êtes sympathique, Monsieur ?

— Malone, Nick Malone.

— Monsieur Malone, si je peux vous donner un conseil, allez voir du côté du « château », je suis bien sûr que vous y trouverez votre coupable.

— Quel château ?

— La demeure des Grinberg sur la route de Sainte-Catherine, un kilomètre après la sortie de Saint-Martin-la-Plaine, vous ne pouvez pas la rater.

Le détective aurait bien aimé en savoir davantage sur les potentiels coupables du « château » mais, l'ex-chauffeur, ne lui en donna pas le temps. Ils se quittèrent sur le trottoir.

Félix n'avait fait que quelques pas quand il fit demi-tour.

— Un dernier conseil si vous le permettez. À votre place, j'irais jeter un coup d'œil dans la chambre de la châtelaine.

Il y a un tel bazar que cela ne m'étonnerait pas que vous trouviez ce que vous cherchez.

— Tiens donc, vous connaissez sa chambre ?

— Je l'ai raccompagnée une fois, elle avait fait une chute.

— Une chute ?

— Oui, une chute de cheval, c'est une passionnée d'équitation.

Le Stéphanois le regarda s'éloigner jusqu'à sa voiture avant de regagner son cabriolet.

Il avait déjà une idée en tête.

17

Jeudi 23 décembre

À 11h30, enfin, on frappa à l'entrée de l'officine.

Nick s'empressa de fermer la porte du bureau de Geneviève qui, il en était sûr, ne perdrait pas une miette de leur conversation. C'était l'usage dans la maison, rien ne devait échapper à la secrétaire qui en connaissait un rayon dans les affaires de cœur.

La baronne avait troqué son vison pour une autre bestiole au poil ras qui sema le doute dans la tête du Stéphanois ? Elle avait de la classe, beaucoup de classe, pourquoi donc s'enticher d'un Félix, fût-il bel homme ?

Plus détendue que lors de sa première visite, elle ôta son manteau, signe que le temps ne lui était pas compté. Le détective le déposa précautionneusement sur le porte-manteau, espérant que la cohabitation avec le blouson en peau de lapin retournée de Geneviève n'indispose pas le noble animal.

— Désolée pour le retard, j'avais oublié ma leçon d'équitation.

En plus d'être bordélique comme l'affirmait Félix, elle était tête en l'air. Ce qui généralement va de pair !

Sans plus attendre, Nick rendit compte à sa cliente de l'entrevue avec l'ex-chauffeur.

Bénédicte, attentive et impassible, conclut les propos du détective.

— Si je comprends bien, et je crains de bien comprendre, mon ex-employé est un enfant de chœur ! Et moi je suis une affabulatrice pour ne pas dire plus !

— Ne vous méprenez pas Madame Grinberg, je vous donne mon sentiment et croyez-moi je connais très bien cette engeance.

Le visage si serein de la baronne marquait le coup, elle réfléchissait. Et si elle se berçait d'illusions sur son entourage ? Sa domestique ? Son jardinier ? Et... pire encore, son mari, elle ne voulait pas y croire.

Nick observait cette mutation.

Il en avait vu d'autres tout au long de ses enquêtes. Bien souvent, pour se rassurer, on désigne un responsable, on le charge de tous les vices comme pour ne pas voir la vérité en face.

— Comprenons-nous bien. Je ne dis pas qu'il est innocent. Peut-être est-il capable de commettre un tel vol, mais faire fi des dix mille francs, je n'y crois pas une seconde. Ou alors...

Une lueur d'espoir brilla dans les yeux malicieux de Bénédicte.

— Ou alors ? sursauta-t-elle.

— Le contenu de la lettre...

— Que voulez-vous dire ?

— Le contenu de la lettre est tel, qu'il en espère beaucoup plus.

Pour la deuxième fois depuis son arrivée, il la sentit embarrassée.

Elle seule connaissait la teneur du fameux courrier. Devait-elle la révéler au détective ? L'hésitation était palpable. Elle n'osait regarder Nick, son regard semblait se perdre. Il vint à son secours.

— Je ne vous juge pas et ne vous jugerai jamais. Mon travail est de retrouver ce document, ce qu'il contient ne me regarde pas. Nous allons le retrouver, j'ai seulement besoin de votre aide.

— Qu'attendez-vous de moi ? Je suis disposée à coopérer dans la mesure du possible.

— C'est très simple, je souhaite élargir le champ de mes recherches. Ne pas me concentrer sur Félix, sans pour autant le mettre hors-jeu définitivement.

Elle avait une question au bord des lèvres quant au nouveau périmètre des investigations de Nick : Alphonse, son mari était-il dans la partie ? Elle n'osa la poser tant elle était sûre de sa réponse affirmative.

Ils restèrent quelques instants silencieux. Le détective à son tour réfléchissait. C'est elle maintenant qui scrutait son visage. Il semblait lui dire « Décide-toi ma belle, arrête de tourner autour du pot ».

— Comment faire ? finit-elle par lâcher.

— Pour l'instant, je n'en ai pas la moindre idée, mentit-il, histoire de mesurer sa soudaine volonté de collaboration.

Un éclair illumina son regard, une idée qu'elle jugea extravagante venait de lui traverser l'esprit.

Le Stéphanois comprit qu'elle avait la solution au problème.

Et parmi les solutions, une supplantait toutes les autres. Mais, la grande bourgeoise de Rive-de-Gier pouvait-elle s'abaisser à des combinaisons de mauvais garçons ? Elle hésitait…

Son visage s'empourpra.

Nick trouvait la situation cocasse, il pouvait la libérer, endosser son idée, car il avait la même. Mais taquin, il ne le fit pas, jusqu'à ce qu'elle se décide enfin.

— Le chauffeur… Vous ? bafouilla-t-elle.

— C'est une excellente idée !

— En êtes-vous bien sûr ? hésita-t-elle comme si déjà elle regrettait d'avoir lancé cette idée saugrenue.

— C'est la meilleure.

Le ton était donné, restait à peaufiner les détails et, là encore, il avait besoin d'elle.

Comme réconfortée après ses hésitations, elle était décidée à aller de l'avant. Sans trop savoir pourquoi, ce brave Stéphanois lui inspirait une grande confiance, « nous allons la retrouver cette lettre » lui avait-il confié au début de leur entretien. Son optimisme infusait dans la tête de sa cliente.

L'horizon, occulté par les crassiers[8] de Michon, se dégageait.

Sur sa lancée, elle poursuivit :

— Un petit problème tout de même, le remplaçant de Félix arrive mi-janvier.

— Parfait, ça me laisse suffisamment de temps pour conduire mon enquête.

— Au besoin, ajouta-t-elle, je peux décaler de quelques jours son arrivée. Mais il ne nous reste plus une minute à perdre. Quand commençons-nous ?

— Dès lundi, nous serons le 27.

---

[8] Terrils

— Impossible, nous allons réveillonner à Megève avec les Taittinger.

— Alors le 3 janvier.

— Très bien, je vous propose que nous nous retrouvions à 7h30, vous avez mon adresse. Première mission : vous conduirez ma fille Céleste et la femme de ménage à la gare de Rive-de-Gier.

— Tenue particulière ? demanda Nick. Dans sa longue carrière, il avait endossé plusieurs déguisements mais jamais celui de chauffeur de maître.

— Ce ne sera pas nécessaire, un simple costume sombre.

— Cravate et chemise blanche, bien entendu.

Bien entendu.

18

Lundi 3 janvier

On aimait les cèdres chez les Grinberg, de nombreuses variétés dont deux majestueux cèdres du Liban annonçaient aux visiteurs, bien avant qu'ils n'atteignent la propriété, un cadre enchanteur.

Nick, au volant de la 203, s'approcha du portail en fer forgé dont le fronton s'ornait, dans le médaillon central, de la lettre G.

Un grand gaillard semblait l'attendre.

— Je suis le jardinier, madame Grinberg m'a prévenu de votre arrivée. Allez vous garer un peu plus loin, à côté de ma 4 CV.

Un voile de givre couvrait le gazon.

Le détective avança lentement. Les pneus de la Peugeot crissaient sur les graviers. Un peu avant la grande bâtisse bourgeoise, il aperçut la voiture du jardinier, en partie cachée par une haie de charmille.

Il gara son véhicule et s'approcha de la demeure des industriels. De plus près, avec une tourelle en brique sur sa droite, elle prenait des allures de manoir écossais comme il en avait vu dans les magazines de sa secrétaire. Un petit escalier à double volée desservait un large perron.

La baronne l'attendait ainsi que deux autres personnes.

— Je vous présente mes meilleurs vœux pour cette nouvelle année, dit le détective arborant un large sourire. Trop large, sans doute.

— Nous également, se contenta de dire Bénédicte Grinberg avant de poursuivre : Céleste, ma fille et Marlène, mon employée de maison. Je vous laisse le soin de les conduire à la gare, nous nous reverrons à votre retour.

Ni plus ni moins. Pour une entrée en matière, l'accueil n'était pas très chaleureux. Peut-être en était-il ainsi chez les grands de ce monde ? Il devrait s'y habituer.

Elle embrassa sa fille et lui demanda de conduire le nouveau chauffeur jusqu'à une petite dépendance transformée en garage.

Trois véhicules aux chromes étincelants trônaient sur un carrelage blanc immaculé. On devinait un goût immodéré pour les carrosseries d'outre-Manche : Jaguar MK2, cabriolet MG pour madame, Sunbeam Alpine pour monsieur. Marlène se dirigea vers la Jaguar.

Quinze minutes plus tard, il s'arrêtait devant la gare.
— Je vous accompagne, demanda-t-il à Marlène.
— Inutile, madame Grinberg vous attend.

Pendant le court voyage, ils n'avaient échangé aucune parole, seulement des regards dans le rétroviseur.

Il les laissa s'éloigner avant de poser son noble postérieur sur le cuir bordeaux de l'Anglaise et reprit le chemin de Saint-Martin.

Cette fois, elle ne l'attendait pas sur le perron, mais surveillait son arrivée derrière les tentures du salon. Elle voulait être la première à le voir avant que le châtelain entre en scène.

Elle lui ouvrit la porte et le fit entrer dans le salon. Il eut juste le temps d'entrevoir une collection de tableaux de part et d'autre de l'escalier central.

— Alphonse, mon mari, va descendre d'une minute à l'autre. Je lui ai dit que vous remplaciez Félix avant l'arrivée de notre futur chauffeur.

— Cela ne l'a pas surpris ?

— Rien ne le surprend, surtout pas les contingences domestiques. Je vous demande donc de ne pas commettre d'impair. Cette histoire de lettre doit rester entre nous, en toutes circonstances.

Un pas lourd fit craquer les marches de l'escalier, un silence suivit puis la porte s'ouvrit sur le patron des Fonderies Grinberg.

L'homme petit, bedonnant, avait l'air jovial, du genre « on s'fait une partie de pétanque ». Du genre aussi à ne pas susciter la passion d'une Bénédicte.

— Bonjour, mon ami, comment allez-vous ?

— Ma foi, pas trop mal.

Il allait dire « et vous ? ». Heureusement Geneviève l'avait briefé sur les bonnes manières et surtout insisté « pas de familiarité ». Il ravala donc son « et vous ».

— Beau cabriolet ! s'exclama-t-il. Je vous ai vu arriver.

— Oui, en effet, j'en suis très content.

— Mon frère a le même, nous l'avions vu au Salon de l'automobile à Paris en 51. Prenez-en grand soin. Dans quelques années, vous le vendrez dix fois le prix.

— Est-ce possible ? s'étonna le détective.

— Je vous le dis, il y a très peu d'exemplaires, quelque chose comme deux mille, en tout et pour tout.

La baronne les regardait… « ils sont bien tous pareils ces hommes, la voiture, la chasse, les champignons et les voilà partis, copains comme cochons ! ».

Dix heures sonnèrent à la pendulette en bronze posée sur la cheminée.

— Vous allez être en retard mon ami, soupira la maîtresse de maison.

— Filons, dit l'époux, prenant le détective par le bras, nous continuerons notre discussion dans la voiture.

***

La fonderie s'étirait tout au long du Gier, dans le quartier nord-est de la ville. Un portail monumental portant les armoiries de la dynastie Grinberg ouvrait sur une large allée encombrée d'amas de ferraille, de poutrelles métalliques, de lingots d'acier parmi lesquels la Jaguar se faufila.

Alphonse, peu pressé de rejoindre la réunion du conseil d'administration dans lequel les questions de finance et de stratégie industrielle l'ennuyaient, décida d'une visite impromptue de son usine : « ici, on coule, là, on démoule… ».

Nick écoutait les explications du patron sans rien comprendre.

Visiblement, il était en manque de communication et profitait de l'attention de son chauffeur pour déballer toute sa science. À son grand regret, on s'approcha du bâtiment administratif où ils se quittèrent.

Sur la route de Saint-Martin, la chaussée glissante rappela à l'ordre le détective. Son esprit vagabondait : « et si Alphonse avait volé la lettre, plutôt que Félix ou Marlène ? ».

L'idée lui plaisait et, contrairement à la Jaguar, elle tenait la route. Un mari jaloux, une femme volage, un grand classique après tout !

En fin de matinée, il alla récupérer Marlène à la gare.

Elle était là, à faire les cent pas sur le trottoir. Un sourire de soulagement illumina son visage quand elle vit son nouveau collègue. Quelques mèches rousses s'échappaient de son bonnet en laine.

— On m'oublie ! dit-elle tout en s'installant au côté du Stéphanois.

— C'est la dernière fois, je vous le promets.

Ils quittèrent la ville pour regagner les coteaux du Jarez désormais baignés par le soleil. De l'autre côté de la vallée, le Massif du Pilat poudré de neige confirmait l'arrivée de l'hiver.

— Je fais le voyage tous les lundis. Céleste est étudiante à Saint-Étienne.

— Pourquoi ne pas utiliser la voiture ? s'étonna Nick.

— La fille de madame Grinberg est… disons un peu rebelle. Elle préfère prendre le train avec ses copines. Seule contrainte imposée par sa mère, je dois l'accompagner.

Tout en parlant, le Stéphanois, prudent sur la chaussée, jetait quelques coups d'œil à sa voisine. Elle avait de très beaux yeux verts, le regard vif et espiègle. Et si c'était la voleuse ? Il l'imaginait sans peine et la plaçait parmi ses suspects.

***

Son emploi du temps très souple lui permit quelques explorations.

Profitant de l'absence de ses hôtes, il avait fouillé de fond en comble le manoir et vérifié l'affirmation de Félix au sujet du désordre dans la chambre de la châtelaine. Même visite dans le garni de Félix, seul Édouard y avait pour l'instant échappé.

En fin de semaine, la baronne le convoqua dans son salon afin de faire un point sur ses investigations.

Elle n'était pas dupe et avait vite compris qu'il avait passé le château au peigne fin. Après tout, il faisait son travail !

Nick s'impatientait, que voulait-elle au juste ? Il faut dire qu'avec son histoire de lettre volée, elle jouait sur le fil du rasoir.

Finaude, elle perçut l'embarras de l'enquêteur et se fendit de quelques révélations. Après tout tant qu'Alphonse n'était pas sur le grill, inutile de s'inquiéter !

— Marlène est à notre service depuis cinq ans, elle est originaire de Florac en Lozère où vivent encore ses parents. Une ou deux fois par an, elle retourne quelques jours dans sa famille. Comme vous l'avez remarqué, c'est une très jolie fille. Inutile d'ajouter qu'elle a fait chavirer quelques cœurs, je le sais. J'ai dans le village et à Rive-de-Gier quelques amies qui me renseignent.

Le détective se taisait. Bénédicte Grinberg, oubliant ses principes, se laissait aller aux confidences.

— Son travail, ici, est irréprochable et son comportement exemplaire. Aucune maladresse, aucune sottise depuis son arrivée. Félix a bien essayé de la séduire, il s'est cassé les dents !

« Et le châtelain ? » pensa Nick si fort que la Ripagérienne, pas tombée de la dernière pluie, remit les pendules à l'heure.

— Je devine, dans votre regard malicieux, une question que vous brûlez d'envie de me poser sans en avoir l'audace. Je vais y répondre à ma manière...

Elle marqua un temps d'arrêt.

— Ce temps est passé...

Elle pensait la page des confessions tournée, c'était mal connaître le détective.

— Parlez-moi des études de votre fille à Saint-Étienne.

— Céleste est une élève brillante. Elle a réussi son baccalauréat à 17 ans puis a intégré l'école des Mines, là même où trône, dans la salle de réception, le buste de feu Donatien Grinberg, l'aïeul d'Alphonse.

Une bourrasque soudaine fit claquer violemment les volets. Le calme revenu, la maîtresse de maison poursuivit.

— Ma fille est comme tous les jeunes gens d'aujourd'hui. Comment dire? Elle s'intéresse plus que de raison à la politique. Vous comprenez?

Nick comprenait très bien.

Un vent de contestation étudiante soufflait sur le pays. On affublait le général de Gaulle de quelques joyeux noms d'oiseaux qui choquaient la petite bourgeoisie provinciale dont les Grinberg étaient l'archétype. Alors, pour Céleste, faire le voyage en Jaguar jusqu'aux marches de son école, il n'en était pas question!

— Elle n'a pas souhaité revenir à Rive-de-Gier tous les soirs prétextant une charge de travail importante. Nous avons donc loué un petit deux-pièces rue Romanet, à deux pas de son école.

— Et votre domestique l'accompagne tous les lundis.

— Ma fille est très jeune, disons que cela me rassure, il y a tellement de monde dans ce train. Après l'avoir accompagnée cours Fauriel, Marlène passe par l'appartement pour faire un peu de ménage.

— Rien d'autre ?

— Pas que je sache. Peut-être un tour en ville avant de rentrer.

Avant de prendre congé, le détective manifesta l'intention de pister Marlène à Saint-Étienne. Elle avait été écartée des accusations de sa patronne un peu trop vite à son goût. Il voulait en avoir le cœur net.

Après quelques réticences feintes, histoire de ne pas se dédire trop facilement, elle donna son accord.

Il restait deux semaines au Stéphanois avant l'arrivée du véritable chauffeur. Serait-ce suffisant pour percer le mystère de la lettre volée ? Il comptait sur sa chance légendaire mais aussi sur le destin qui parfois rebat les cartes, ouvre des pistes insoupçonnées.

Il allait être servi, plus qu'il ne l'espérait !

19

Lundi 10 janvier

Nick connaissait bien Gaston, le patron du Café des Marronniers. Il n'était pas rare que ses filatures l'entraînent dans les beaux quartiers de la ville. Alors, chaque fois qu'il travaillait dans le secteur Fauriel, il faisait une escale pour saluer le maître des lieux.

Il regarda sa Lip acquise deux jours plus tôt grâce à la générosité de madame Grinberg.

Il était 8 heures.

Céleste et son chaperon, au chaud dans la Micheline, arrivaient en gare de Châteaucreux.

Gaston s'approcha.

— La rue Tarentaize nous rend visite à ce que je vois. Une belle blonde ? Un petit chauve jaloux comme un tigre ?

Nick, connaissant la musique et se doutant que toutes les oreilles alentour étaient sur le qui-vive, fit un vague signe de la tête.

Il savait bien que cette moue ne suffirait pas pour calmer la curiosité du cafetier. Alors, sans trop réfléchir aux conséquences, il lâcha :

— Rien de tout ça, j'ai rendez-vous en face.

— Au sujet du meurtre de Martine Béal ?

Il avait entendu parler de cette affaire pendant son intérim à Rive-de-Gier, sans en connaître les détails. Une seule chose avait retenu son attention, il était question du Monoprix.

Il joua le béotien, un de ses rôles de prédilection.

— Martine ?

— Martine Béal, la petite qu'on a assassinée lundi dernier tout près de la place Villeboeuf.

— Désolé mon cher Gaston mais les flics n'ont pas précisé à ma collaboratrice l'objet de ma convocation. Ils n'ont d'ailleurs pas pour habitude de le faire ! L'effet de surprise, tu comprends ?

Tout en discutant, Nick ne perdait pas de vue l'arrêt du trolleybus d'où étaient censées descendre les deux Ripagériennes.

Le gérant du bar, dès lors qu'il comprit qu'il n'obtiendrait rien du Stéphanois, retourna à sa vaisselle.

Les premiers rayons de soleil percèrent l'épaisse couche nuageuse.

Le détective s'approcha de la porte d'entrée pour ne pas louper la descente de Marlène et de sa protégée. Il s'impatientait quand enfin il aperçut un trolleybus au niveau de la rue de La Vivaraize.

Cinq minutes plus tard, l'étudiante et la soubrette descendirent du véhicule au milieu d'une foule d'étudiants insouciants.

On aurait dit deux copines qui n'hésitèrent pas à se claquer la bise. Céleste se fondit dans un groupe d'élèves dont les tenues bariolées de filles et les cheveux longs des garçons étonnèrent le Stéphanois.

« Drôle d'époque » sourit-il.

Marlène, après avoir traversé le cours Fauriel, prit la direction du passage Émile Romanet, où logeait Céleste. Nick la suivit à distance respectable, il portait pour la circonstance une casquette, une paire de lunettes et un col roulé qui lui cachait la moitié du visage.

Elle s'engagea dans la petite rue pour disparaître aussitôt dans un immeuble. Par chance, cette voie n'avait qu'une seule issue sur le Cours, ce qui faciliterait la surveillance du détective. Après avoir fait plusieurs allers et retours sur l'avenue, il regagna le Café des Marronniers d'où il surveillerait la sortie de la domestique.

Il prit le journal posé sur le bar qu'il feuilleta d'un œil sans perdre de vue l'angle de la rue Romanet. Exercice périlleux qui requérait une attention particulière.

Un article à la page des faits divers attira son attention.

MEURTRE DE LA RUE PIERRE TERMIER

Depuis notre article du mardi 4 janvier, l'assassin de Martine Béal court toujours.

Malgré nos multiples sollicitations, rien de sérieux ne filtre du 99 bis cours Fauriel. N'ont-ils rien à dire ? Nous cachent-ils une surprise de taille ? Heureusement, quelques langues se délient et aujourd'hui, nous en savons davantage sur l'avancement de l'enquête confiée au commissaire Avril. Tout d'abord, l'entourage immédiat de la victime a été entendu et, pour l'heure, pas inquiété. Un élément cependant a retenu l'attention de notre journaliste. Un personnage dont nous tairons le nom a passé le réveillon avec Martine Béal. De là à imaginer une piste sérieuse… le doute est permis ! Quant à la traque qui a conduit les policiers jusque dans les rayons du Monoprix, il faut bien l'avouer : elle s'est terminée en eau de boudin !

À peine l'article terminé, Gaston s'approcha du détective.

— Ils sont forts ces journalistes, même quand ils n'ont rien à dire et bien ils trouvent le moyen d'écrire quelque chose, tu ne trouves pas ?

— C'est vrai que je reste sur ma faim. Moi qui ne connaissais rien à cette affaire, je n'en connais guère plus. Si ce n'est…

Il jeta un œil du côté de l'immeuble de Céleste. Marlène n'était toujours pas réapparue.

— Si ce n'est, poursuivit le cafetier pendu aux lèvres de Nick.

— Je prends le pari que l'histoire n'est pas terminée.

— Tu penses qu'il y aura d'autres crimes, s'alarma le patron.

— Je le crains.

Les trolleybus, dans leur ronde permanente, déversaient leurs flots de voyageurs.

Il commençait à douter… Et si, plongé dans la lecture du journal, Marlène avait glissé entre les mailles du filet.

Il quitta le bar.

Depuis le trottoir de la rue Romanet, il scruta la façade du bâtiment de deux étages. Après un coup d'œil sur les boîtes aux lettres, il focalisa son attention sur le dernier étage où vivait l'étudiante. Toutes les lumières étaient allumées mais aucun mouvement n'était perceptible. Que faire ? Difficile d'aller frapper à la porte : « Bonjour Marlène, je passais dans le quartier j'ai vu de la lumière ».

Lui, d'habitude si prompt à faire face aux situations imprévisibles, si doué pour l'improvisation, se trouvait démuni. La baronne était pressée, lui aussi, il devait agir. Après tout, il verrait bien et n'oubliait pas que c'était dans l'urgence qu'il était le meilleur.

Il monta une à une les marches, décidé à faire demi-tour si nécessaire. Avant le palier du premier, il fit une pause. Un parfum discret, celui de Marlène, se mêlait à l'odeur de renfermé. Sur la pointe des pieds, il passa devant le premier logement où Tino Rossi, tout aussi discret, poussait la chansonnette.

Au deuxième, la porte de Céleste était légèrement entrouverte. Il prêta l'oreille quelques secondes qui devinrent vite quelques minutes. Pas de doute, Marlène avait quitté les lieux en oubliant de refermer la porte.

Il respira profondément pour se donner du courage et poussa la porte d'un geste lent, mesuré, retenu.

Le studio, impeccablement rangé, était désert. Il dut se rendre à l'évidence, la soubrette avait pris la poudre d'escampette, laissant le professionnel de la filature sans voix.

Près de la sortie, il eut comme une prémonition, il fit volte-face : une porte dérobée avait échappé à son attention. Il l'entrouvrit...

Marlène était là... gisant sur le sol.

Il fit un pas dans sa direction et n'eut que le temps de sentir une présence derrière lui.

La terre trembla alors sous ses pieds, suivie d'un éclair cinglant dans sa tête.

Et puis, ce fut le néant...

20

Mercredi 12 janvier

Le transfert de l'assassin supposé de Martine Béal, «l'étrangleur de Fauriel», comme on l'appelait désormais, provoqua une agitation inhabituelle dans les couloirs de l'hôpital. Photographes, journalistes, infirmières, internes et même quelques patients qui n'auraient pour rien raté le spectacle.

Geneviève - prévenu la veille par Bénédicte Grinberg après qu'elle eut reçu la visite du commissaire à Saint-Martin-la-Plaine était là aussi.

L'une comme l'autre n'étaient pas dupes et savaient qui avait fait « le voyage » à l'hôpital en compagnie de Marlène.

La secrétaire, en blouse blanche, promenant un porte-perfusion, se frayait un passage parmi les badauds en robe de chambre. Elle guettait le moment propice pour tenter une approche quand... surprise, elle reconnut madame Grinberg qui s'approchait d'elle.

— Que faites-vous là ? s'étonna la secrétaire de Nick.

— Il faut que je lui parle absolument !

— C'est trop risqué, laissez-moi faire. Qu'avez-vous à lui dire ?

La baronne chercha les mots justes qui résumeraient sa pensée.

— Dépêchez-vous ! s'énerva Geneviève.

Elle hésita encore quelques secondes avant de lâcher :
— Une seule chose : qu'il ferme sa gueule !

C'étaient là ses propres mots qui, il faut bien l'avouer, surprennent dans la bouche d'une dame de « la haute » ! Et, pour convaincre le détective, elle avait ajouté qu' « elle saurait s'en souvenir ».
— Mais encore ? demanda la secrétaire, qui trouvait le message par trop laconique.

Elles s'écartèrent de l'agitation pour accorder leurs violons.

Les consignes de Bénédicte Grinberg étaient claires et Geneviève, maligne comme un singe et éprouvant devant le danger un certain plaisir, profita de la bousculade pour les transmettre à « l'étrangleur ».

***

« Dans quels sales draps t'es-tu mis mon pauvre ? » soupira le détective

Cela faisait une heure que le panier à salade stationnait devant le commissariat. Et lui, le beau gosse de la rue Tarentaize, le Mozart de la filature, se retrouvait à l'intérieur du fourgon, coincé entre deux malabars en uniforme, peu gracieux.

Heureusement, la pluie se mêla de la partie faisant fuir les nombreux curieux, seuls les photographes tenaient bon.

Il vit s'avancer deux gars, visiblement des flics en civil, que les gardiens de la paix laissèrent s'approcher du Tub.

Le premier, nez collé sur la vitre du véhicule, observait l'étrangleur. Nick croisa son regard furtivement. Il ne connaissait pas.

Le second à son tour s'approcha.

Leurs regards se cherchèrent, s'interrogèrent avant que les deux hommes se reconnaissent. « Polégato, mon sauveur ! » s'exclama-t-il.

La porte s'ouvrit, il cacha son visage et fut exfiltré manu militari.

Les appareils de photo crépitèrent de joie après tant d'attente et le détective, qui n'en avait pas fini de poireauter, se retrouva prisonnier dans une cellule, au sous-sol du commissariat.

Deux étages plus hauts, dans le bureau d'Isidore, l'heure était aux révélations et c'est Polégato, le commissaire de Montbrison, qui prit la parole.

Il narra par le menu sa rencontre avec Dominique Malon, alias Nick Malone, ancien inspecteur de police viré non pas pour ses états de service excellents, selon sa hiérarchie, mais pour son penchant pour la gent féminine. « Ce qui n'est pas en soi un défaut » insista Polégato, « sauf que l'objet de ses convoitises n'était autre que la femme du commandant ».

— Drôle de personnage, s'exclama Isidore, mais que fait-il ici ?

— J'ai une petite idée, répondit Polégato. Après son passage dans la police, Malone revient à Saint-Étienne et ouvre une officine de détective. Nous avons, comment dire… intelligemment collaboré, sur une affaire d'espionnage[9] dans laquelle un de ses amis était impliqué.

— De plus en plus rocambolesque, s'étouffa Avril.

— Je développe ? interrogea le Montbrisonnais.

---

[9] Cf Quoi qu'il en coûte

— Non, nous avons compris que vous semblez l'apprécier.

— Exactement. Mais pour savoir ce qu'il fait ici, le plus simple est de lui demander.

Ce qui fut fait illico presto !

On fit entrer « l'accusé ».

Isidore engagea les débats.

— Monsieur Malon, Malone, ma question est simple : que faisiez-vous dans l'immeuble du passage Romanet ?

Nick s'apprêtait à parler quand Isidore, pressé d'aller à l'essentiel, précisa.

— Polégato nous a tout dit sur votre parcours et sur votre collaboration fructueuse. Inutile donc d'y revenir, allons droit à ce qui nous préoccupe aujourd'hui. Disons l'affaire « Marlène ».

Le détective les regarda tour à tour avant de prendre la parole. En moins de cinq minutes, il retraça l'objet de sa mission, du contrat avec madame Grinberg jusqu'à la filature de Marlène.

— Si je comprends bien, intervint Avril, en entrant dans cet appartement, vous lui avez sauvé la vie ?

— On peut le penser.

— Je suis déçu, soupira Isidore, nous pensions trouver un coupable et nous voilà avec un sauveur sur les bras. À moins que…

— À moins que quoi ? s'offusqua Polégato.

— À moins que tout ça ne soit que fadaise.

— Vous n'y songez pas ? Je me porte garant de la probité de Malone. Tiens, j'y pense, demandez son avis au commissaire Valentin[10]. Demandez également au ministre des Armées[11].

Devant tant d'éloges et n'imaginant pas interroger le ministre, Isidore ravala sa salive et se tourna vers ses collègues. Après tout, il ne voulait pas être le seul à se mouiller.

— Qu'en pensez-vous, Messieurs ?

— L'explication de monsieur Malone et sa proximité avec notre collègue de Montbrison sont pour moi suffisantes, déclara Avril. Ne perdons pas de temps en tergiversations stériles mais au contraire, essayons d'unir nos forces.

Dans un même élan, les deux inspecteurs approuvèrent de la tête le chemin tracé par leur chef.

— Une question tout de même, osa Lamblot, qu'a-t-on volé à madame Grinberg ?

« Moins bête qu'il en a l'air » songea le détective qui aurait vu d'un bon œil que l'on passe à autre chose. Heureusement, depuis sa rencontre furtive, dans les couloirs de l'hôpital, avec sa secrétaire, il avait la réponse.

— Des bijoux !

Il croisa les doigts espérant ne pas avoir à le regretter plus tard.

C'est à ce moment qu'Isidore à la surprise générale eut un geste qui, plus que des paroles, indiqua la voie qui, désormais, serait la sienne : il se leva, contourna son bureau et arrivé devant Nick, lui serra chaleureusement la main. Après quoi, il ajouta :

---

[10] Cf « Les demoiselles de Montbrison »
[11] Cf « Quoi qu'il en coûte »

— Bien, qu'est-ce qu'on fait maintenant ? Je vous préviens : on ne sortira pas d'ici sans le savoir.

Midi approchait alors, avant de se mettre au travail, ils sollicitèrent Bérangère pour une corvée qu'elle maîtrisait parfaitement et dont le seul danger était la traversée du cours Fauriel chargée de sandwichs et de canettes de bière.

La collation terminée, le divisionnaire ouvrit le ban... à sa manière.

— Avril je vous donne la parole.

Le commissaire pas surpris avait, entre deux cornichons, réfléchi à la chose.

Dans un premier temps et pour affranchir Nick, il revint en détail sur l'affaire « Martine Béal ».

Les dernières rencontres et interrogatoires n'apportaient pas d'éléments tangibles mettant en cause l'un des protagonistes. Il en était convaincu ! Quant à l'agression du passage Romanet, il permettait d'envisager l'enquête sous un autre angle qu'il résuma ainsi :

— Ces deux tragiques évènements ne seraient-ils pas le fait d'un seul individu ? Le premier point commun qui me vient à l'esprit est la date. Ces deux meurtres ou tentatives de meurtre ont été perpétrés un lundi, un lundi matin.

— Et dans le même quartier, ajouta Bertignac.

— Les victimes sont des femmes, jeunes, belles, de physionomie semblable, même si l'on n'a pas constaté d'agression sexuelle, renchérit Lamblot.

— Le mode opératoire ? suggéra Isidore.

— Effectivement, strangulation dans les deux cas, répondit le commissaire.

Cet inventaire devait orienter les prochaines investigations, mais ces premiers constats ne suffisaient pas à étayer l'hypothèse, tant redoutée autour de la table, d'un tueur en série.

Nick n'avait encore rien dit. Tout en écoutant, il était plongé dans le rapport qu'Avril avait remis à Isidore après le premier meurtre.

Il avait sous les yeux un élément qu'il voulut vérifier.

— Je peux téléphoner ? dit-il.

— Oui, dans mon bureau à côté, répondit Bertignac.

Le détective sortit, laissant les policiers pensifs et impatients de comprendre cet intermède. L'attente ne dura pas cinq minutes.

— Je pense tenir quelque chose d'important, déclara-t-il à son retour.

Soulagement dans la tête du divisionnaire qui, pendant un court instant, s'était demandé si l'homme qu'il avait chaleureusement adoubé ne s'était pas fait la belle !

— Chaque lundi, Marlène accompagne la fille de madame Grinberg à Saint-Étienne. Elles prennent le train à Rive-de-Gier à 7h29. Dans le rapport du commissaire, il est indiqué que Martine Béal prend le train de 7h15 à Givors...

Nick, cabotin dans l'âme, attendit quelques secondes pour ménager son effet.

Les plus perspicaces avaient compris avant qu'il ne poursuive.

— Je viens de vérifier auprès de la gare de Châteaucreux, il s'agit de la même Micheline qui part de Perrache à 6h53.

— Et j'ajouterai même, dit Avril qui ne voulait pas rester sur le quai, Pierrot le fils du boulanger prend le même train à Oullins à 7h04.

— Là, ça devient plus sérieux, s'exclama Isidore.

— Givors, Rive-de-Gier, et pourquoi pas Saint-Chamond maintenant ! s'inquiéta Lamblot,

Un frisson parcourut le dos du divisionnaire... « Je vous paye un café » murmura-t-il. Bérangère, encore une fois, fut à la manœuvre.

La pause ne dura que quelques minutes mais ne permit pas d'évacuer le malaise provoqué par la remarque du jeune inspecteur.

Nick brisa le silence.

— J'ai travaillé sur une affaire semblable lors de mon passage au commissariat du XIème arrondissement à Paris. Parmi les similitudes que nous avions recherchées entre les différents crimes, deux ont été à l'origine de la résolution de l'énigme : les endroits fréquentés et les habitudes des victimes. Nous avons très vite noté qu'elles résidaient dans le même hôtel pendant leurs vacances en Normandie.

— Les victimes se connaissaient-elles ? demanda Avril.

— Non, rien n'a permis de le démontrer. L'autre point concerne le travail de fourmi que nous avons effectué dans les archives, plus précisément dans le fichier des maniaques sexuels en liberté. Notre criminel avait fait l'objet d'un signalement. Il s'était fait remarquer dans le métro où il serrait d'un peu trop près les jeunes filles.

Les fonctionnaires de police écoutaient attentivement, avec le secret espoir que Nick leur donne la clé pour leur propre enquête, dans laquelle ils pataugeaient.

— On a suivi plusieurs pistes. Le coupable, habitant Paris, était né à Cabourg, tout près de l'endroit où il a repéré ses victimes. On a eu de la chance, voilà tout. On aurait très bien pu passer à côté...

— Méthode, investigation et chance, résuma Isidore. J'imagine qu'un tel travail demande des effectifs conséquents ?

— Nous étions deux inspecteurs et une dizaine d'agents administratifs rompus à cet exercice. Je note au passage que ce sont ces personnes-là qui ont été décisives.

Il ne fallait pas laisser croire à l'ex-flic de Paris qu'ici à Saint-Étienne on se roulait les pouces. Alors, Avril s'empressa de préciser :

— Concernant Martine Béal et Marlène Sanial, nous avons identifié le premier cercle de leurs relations : famille, amis, voisinage, employeur, collègues. Rien à ce niveau ne permet d'envisager des connaissances communes. Concernant les archives, nous avons consulté le « sommier » dans la première enquête. Cette recherche a permis de pointer le doigt sur un éventuel suspect que nous avons interrogé et, pour l'heure, disculpé.

Les regards se tournèrent vers Isidore.

Lui seul avait le pouvoir de diligenter une mission exceptionnelle que l'urgence imposait. Relevant la tête de son carnet de notes, il comprit qu'on attendait une décision de sa part.

— À ma connaissance, et que l'on m'interrompe si je ne me trompe, nous n'avons jamais été confrontés à un tel scénario. Bien évidemment, il nous faut rester prudents, la concomitance entre les deux affaires n'est pas encore établie, mais dès la fin de cette réunion je contacte le patron des archives.

Le commissaire consulta sa montre, non pas qu'il pensait rentrer tôt dans son confortable appartement, mais pressé d'établir une feuille de route pour le court terme.

Ce besoin d'agir vite sonna l'alarme dans sa mémoire.

De précieux conseils entendus lors de séminaire ressurgirent dans son esprit. Ce qui allait sans aucun doute délimiter l'action à venir.

— Je me souviens d'une conférence animée par un divisionnaire où était abordé ce sujet des criminels récidivistes. Il faudrait que je relise mes notes de l'époque mais j'ai retenu quelques-unes de ses recommandations qui reposaient sur une expérience approfondie. En deux mots, il conseillait vivement de traiter ce type de criminel avec la plus grande prudence.

Il avait mis le doigt sur un sujet sensible, un dialogue s'engagea avec le patron. Avril résuma sa pensée :

— Ne pas mettre de l'huile sur le feu... nous ne connaissons pas le personnage à qui nous avons affaire : un obsédé, un fou, un maniaque, un exhibitionniste...

— Un exhibitionniste ?

— Oui, sans doute les plus dangereux. Un triste sire qui veut se montrer, s'affirmer et pourquoi pas... défier la police.

— Pourquoi parler de prudence dans ce cas-là ?

— Parce que nous ne pouvons prévoir ses réactions face à des actions que nous engagerions.

— Par exemple ?

Il se retourna vers le détective.

— Par exemple, la supposée arrestation de Nick.

— Mais il n'a pas été reconnu, enfin je l'espère.

— Moi aussi, confirma l'intéressé, mais si tel est le cas, j'en connais qui se feront un plaisir d'informer la terre entière.

Avril poursuivit :

— Imaginons. Notre individu apprenant qu'on a arrêté le responsable de ses crimes peut, soit se frotter les mains car il échappe à la justice, soit se sentir dépossédé. Dans ce dernier cas, il pourrait recommencer en se disant : « non mais, faudrait-pas qu'on me vole la vedette ! ».

Ces échanges mettaient les policiers devant leur responsabilité : leur action aurait des conséquences incertaines. Ils prenaient conscience du risque encouru mais, tous étaient d'accord sur un point, ils devaient agir.

Le divisionnaire, surprenant le commissaire, reprit le navire en main.

— Trois points. Un, les archives, je gère. Deux, la piste de la Micheline me semble la plus sérieuse. On va mettre du monde dans le train, dans les gares. À l'issue de la réunion, on organise cette traque avec Avril. Enfin, trois, un point qui n'a pas encore été évoqué mais qui me semble de la plus haute importance, car il pourrait faire capoter tout le reste : la presse ! Vous connaissez mon sentiment sur le sujet, s'en servir plutôt que de l'ignorer et je crois savoir que vous entretenez quelques relations avec Berthier, le journaliste de *La Tribune*.

— Des relations de comptoir si vous voyez ce que je veux dire patron.

Le sujet épineux méritait qu'on réfléchisse à deux fois sur la stratégie à adopter. Le commissaire, prudent, avança quelques hypothèses avec la même rigueur qu'Isidore.

— Si rien ne sort de ce bureau, croyez-moi demain on a un papier avec force détails plus ou moins vrais. Je les ai vus à l'œuvre rue Romanet, à l'hôpital, et je parierai qu'ils rôdent dans les couloirs les oreilles grandes ouvertes. Inutile de vous dire qu'ils connaissent l'identité de tous les protagonistes, Malone en tête, et peut-être plus encore.

Il se retourna vers Nick.

— Pour ce qui te concerne, cela ne m'étonnerait pas que tu sois en première page dès demain.

Le détective ne se démonta pas, se demandant même si un peu de réclame ne serait pas bon pour sa petite entreprise.

— L'autre possibilité, sans doute la meilleure, est de les mettre devant leur responsabilité. Eux aussi marchent sur des œufs et ce qu'ils écriront peut, vous l'imaginez, avoir des conséquences dramatiques mais ils pourraient alors se retrancher devant la sacro-sainte liberté d'expression. Mieux vaut alors prendre les devants.

— Penses-tu qu'on puisse les museler longtemps ? demanda Polégato.

— Quelques jours, pas davantage.

— Très bien, mais qu'est-ce qu'on laisse fuiter ?

— Dans un premier temps, ce qui s'est passé rue Romanet, l'agression et la libération du suspect. Rien sur leurs identités pour ne pas les mettre en danger. Rien sur les trajets en train. Rien sur le rapprochement des deux affaires.

— Pas grand-chose en fait, penses-tu qu'ils vont s'en satisfaire ?

— Je vais voir Berthier, il est intelligent et avec ces quelques miettes il est capable de pondre un article. En échange, je lui promets la primeur des informations à venir.

Le soleil, absent toute la journée, tenta une dernière apparition derrière les maisons perchées de La Vivaraize.

Avril, comme prévu, croisa opportunément Berthier avant de rejoindre Isidore.

Jusque tard dans la nuit, ils peaufinèrent un plan d'attaque qui engagerait tous les hommes disponibles du commissariat. Polégato regagna Montbrison.

Nick attendit que les couloirs se vident, que les lumières s'éteignent et, par une porte dérobée, regagna ses pénates.

Il sortait de la partie sans pour autant laisser tomber le contrat qui le liait à Bénédicte Grinberg. Il avait la bénédiction d'Isidore.

Sur le chemin du retour, le Marrakech brillant de mille lanternes lui tendit les bras.

Un plantureux couscous combla son appétit mais n'arriva pas à le distraire. Malgré lui, son esprit vagabond échafaudait des pistes, cherchait la faille, traquait l'indice…

Nordine, le patron, s'approcha de lui :

— Ça ne va pas, Monsieur Nick ?

— Pourquoi me dis-tu ça ?

— Je ne vous sens pas dans votre assiette si j'ose dire. Vous êtes en train de vous triturer les méninges…

— Tu as raison, je m'occupe de ce qui ne me regarde pas.

Bien entendu, le Marocain, le connaissant bien, ne crut pas une seconde que le détective regarderait voler les mouches…

21

Jeudi 13 janvier

Décidé à mettre les bouchées doubles sur la mission confiée par Bénédicte Grinberg, Nick dès l'aube fit un détour par le 10 de la rue Tarentaize afin de rassurer sa secrétaire sur son état de santé et sa liberté retrouvée.

Il devait agir vite, craignant que tôt ou tard, les autorités policières ou judiciaires lui mettent des bâtons dans les roues au motif que son contrat interfère avec l'enquête en cours.

Geneviève, penchée sur le journal, leva la tête dès qu'il franchit la porte.

L'émotion la gagna, son visage s'empourpra.

— J'ai eu très peur. Je n'ai pas pu vous le dire à l'hôpital, mais, comme j'ai été contente que vous ne soyez pas mort.

— Et moi donc ! plaisanta le détective.

Ils se plongèrent dans la lecture de *La Tribune*.

DOUBLE AGRESSION DU COURS FAURIEL

Décidément, depuis 10 jours, le quartier Fauriel est en ébullition. Après le meurtre de Martine Béal relaté dans nos éditions de la semaine dernière, voilà que deux agressions ont été commises dans un appartement du cours Fauriel à proximité du commissariat central.

De source proche de l'enquête, deux personnes inanimées ont été hospitalisées. La première, un homme d'une quarantaine d'années, a été entendu hier par les policiers. Un moment considéré comme suspect, il semblerait (mais cela ne nous a pas été confirmé) qu'il ait été disculpé. La deuxième personne, une jeune femme, est toujours dans un état critique. Pour des raisons évidentes de sécurité, l'identité des deux personnes ne nous a pas été révélée et ils bénéficient d'une garde rapprochée.

L'équipe du commissaire est sur le qui-vive, des forces supplémentaires ont été diligentées.

Une photographie illustrait l'article.

On y voyait un brancard prêt à disparaître dans une ambulance, quelques badauds et de nombreux policiers. La photo prise de l'autre côté de la rue ne permettait pas d'identifier l'immeuble. Les consignes d'Avril avaient été respectées.

— Moi qui espérais voir ma photo en gros plan, plaisanta-t-il.

— Vous n'y songez pas, n'oubliez pas que l'agresseur court toujours. J'espère que vous avez une protection policière ?

— Quoi donc ?

— Ne faites pas l'imbécile !

Geneviève pouvait dormir sur ses deux oreilles… le coup sur la tête n'avait pas altéré l'humour du patron.

Nick s'apprêtait à quitter le bureau après avoir jeté un coup d'œil sur le courrier et vérifié qu'aucun pli du Centre des Impôts ne « polluait » la pile selon ses propres paroles. Elle eut juste le temps de le retenir :

— Bénédicte Grinberg s'inquiète pour vous, elle a appelé hier soir.

— Ça tombe bien j'y vais…

— Sans la prévenir ?

— Appelez-la…

— Et si elle n'est pas joignable ?

— Ça ne fait rien, il y a un très bon restaurant tout près des Fonderies Grinberg.

À Saint-Chamond, il ne put s'empêcher de faire un détour par la gare. Il regarda sa montre, le 6h53 de Perrache arriverait d'une minute à l'autre.

Sur le quai, direction Saint-Étienne, une bonne vingtaine de personnes attendait. Il les dévisagea sans en avoir l'air.

Et si le triste sire était là dans cette assemblée hétéroclite ? Le grand blond ? Le petit rondouillard moustachu ? L'employé de banque en costume cravate ? L'ouvrier de la Manu ? Et pourquoi pas le chef de gare qui faisait les cent pas sur le quai, le sifflet à la bouche ?

« Bonne pêche ! » se dit-il, pensant au commissaire.

Un train en direction de Lyon entra en gare et libéra quelques passagers. Le détective examina attentivement les visages. S'il n'avait pas entamé son humour, le choc n'avait pas non plus détraqué sa capacité d'observation. Sans peine, il reconnut un des gardiens de la paix qui faisait le planton devant le panier à salade. Sans doute était-il en mission ? Le train allait repartir quand il reconnut Lamblot, un béret sur la tête, resté dans le wagon.

Il reprit le chemin de Rive-de-Gier en sifflotant *Le pont de la rivière Kwaï*. Sur sa gauche, la neige recouvrait les coteaux du Jarez. Le cabriolet 203 avançait lentement sur la route glissante. Comme souvent en conduisant, il laissait son esprit s'égarer. Le sifflotement, comme premier symptôme, indiquait un état de grâce. Dans sa rêverie, il voyait la sortie du tunnel avec au bout l'arrestation du meurtrier. Bien sûr que, redescendu sur terre, il se trouvait ridicule mais jamais cette sensation n'avait été aussi forte. Le criminel dormirait très vite en prison, il l'aurait parié !

On l'attendait à Saint-Martin-la-Plaine.

Le portail de la propriété était grand ouvert et le jardinier discutait avec un agent de police. Ils le saluèrent à son passage.

Derrière la fenêtre du salon, la châtelaine guettait et vint l'accueillir sur le perron. Ils se serrèrent la main, elle semblait impatiente.

— Mon mari est à la fonderie mais il peut revenir d'une minute à l'autre, alors autant que je vous le dise tout de suite, il est au courant pour… le vol de bijoux, s'empressa-t-elle de préciser.

Ils s'installèrent dans le salon, devant la cheminée qu'enserrait une monumentale bibliothèque en acajou.

— Grâce à l'intervention du commissaire, j'ai pu avoir des nouvelles de Marlène. Elle est toujours plongée dans un coma artificiel, le médecin garde l'espoir de la sauver… Je suis inquiète pour elle et pour ma fille.

— A-t-elle repris ses cours ?

— Elle souhaite les reprendre la semaine prochaine mais fera le voyage tous les jours. Je l'accompagnerai en voiture.

Petit à petit, à la faveur de la chaleur du feu de cheminée, du crépitement du bois, l'anxiété ambiante s'estompa.

Il était temps de revenir au contrat.

— Bien entendu compte tenu des évènements récents, la mission que je vous ai confiée peut, si vous le souhaitez, s'interrompre dès à présent.

Elle ne fermait pas la porte malgré la police qui, d'une manière ou d'une autre, entrerait dans la partie.

— J'ai été interrogé par les policiers et j'ai respecté les consignes que vous avez transmises à ma secrétaire : les bijoux ont remplacé la lettre et je suis sorti libre du commissariat. Mais…

Il hésita quelques secondes avant de poursuivre :

— Disons que je suis embarrassé. La mission que vous m'avez confiée, je vais la conduire et la lettre je la retrouverai. Ce qui me pose problème c'est ce qu'elle contient.

Elle le regardait droit dans les yeux et s'apprêtait à lui répondre. Il ne lui en laissa pas le temps.

— Supposons que cette lettre ait, d'une façon ou d'une autre, un lien avec l'agression de Marlène, et pourquoi pas le meurtre de Martine Béal, alors je deviendrai votre complice. De quoi s'interroger, non ?

— Monsieur Malone, je comprends et je m'attendais à cet échange, aussi je vous le dis avec force, je pèse mes mots et je vous demande de les graver dans votre mémoire : le contenu de cette lettre, je dis bien le contenu de cette lettre n'a aucun rapport avec ces affaires. Vous vous faites fort de la retrouver et bien ce jour-là je serai à vos côtés et vous pourrez vérifier ce que je viens de vous dire !

— Le sujet est clos, vous êtes ma cliente et je vous fais entière confiance.

Le Stéphanois rassuré, restait un point à préciser.

— Je peux vous demander la piste que vous allez suivre ?

— Je vais reprendre depuis le début et retourner voir Félix, votre ancien chauffeur et votre suspect présumé.

— Très bien. Je voudrais insister sur une clause de notre contrat concernant vos différentes investigations à venir. Vous l'avez compris, mon mari doit rester en dehors de cette affaire. Il en est de même pour ma fille Céleste. Cela vous pose-t-il problème ?

— En aucune manière. Qu'en est-il du reste de la famille ?

— Le reste comme vous dites se limite à peu de chose. Je suis fille unique et Alphonse n'a qu'un frère qui n'est pas venu ici depuis des mois et que je n'imagine pas une seconde se livrer à un chantage afin de me soutirer de l'argent. C'est un poète, pas un voleur.

Sur ces mots, il quitta la propriété. Le jardinier pourtant peu bavard discutait toujours avec le planton et Céleste l'épiait depuis la fenêtre de sa chambre.

Il prit la direction de La Taverne où il espérait retrouver l'ex-chauffeur des Grinberg.

La salle était quasiment vide.

Seuls quatre retraités fidèles au poste et bien accrochés au bar sirotaient un petit verre de vin blanc. Il s'accouda près de la quadrette, et attendit qu'on s'intéresse à lui.

Il connaissait bien ce genre d'endroit et, tout particulièrement dans ces villages de campagne, le contact se nouait sans aucune difficulté, il suffisait d'être patient. Le gérant, physionomiste, le reconnut :

— Il me semble vous reconnaître ? Vous n'étiez pas avec Félix l'autre jour ?

Ça commençait bien, le patron s'ennuyait derrière son comptoir et ne demandait qu'à causer. Nick commanda un petit ballon de vin blanc.

— Oui, comment va-t-il ?

— Eh bien, figurez-vous que je ne l'ai pas vu aujourd'hui.

Un doute traversa l'esprit du détective.

Avait-il parlé de la lettre au chauffeur lors de leur unique rencontre ?

L'angoisse succéda très vite au doute car, dans cette hypothèse, la police aurait tôt fait de découvrir la vérité et il serait dans de sales draps. Il devait le retrouver à tout prix !

— Savez-vous où j'ai une chance de le trouver ?

— Ça ne devrait pas être trop difficile, depuis qu'il est au chômedu, il traîne sa misère dans les bistrots. Il y en a un ici et une quinzaine à Rive-de-Gier. Bon courage !

Bon courage, en effet. Il y passa une partie de l'après-midi mais le jeu en valait la chandelle et il finit par être récompensé. Félix avait pris ses quartiers au Café des Forges à deux pas... des Fonderies Grinberg. Comme par hasard !

L'ex-chauffeur l'aperçut.

— Tiens donc, plaisanta-t-il, on fouine...

Il détonnait au milieu de tous les traîne-savates du quartier qui avaient tellement passé de temps au cul des hauts fourneaux qu'ils ne pouvaient s'en éloigner.

— Si on veut, répondit-il, je vous paye un verre ?

Il avait fait le plus difficile, le reste ne serait qu'un détail. Là encore, inutile de poser des questions précises, il suffisait d'attendre.

Et d'attente, il n'y en eut pas !

— Alors vous l'avez retrouvé votre... euh... Au fait, que cherchez-vous ?

— Ne faites pas l'ignorant, vous le savez très bien.

— J'vous fiche mon billet, vous ne m'avez rien dit ou alors un truc comme objets précieux, si j'ai bonne mémoire.

Alors, histoire que les choses soient claires et qu'elles puissent, le cas échéant, tomber dans les oreilles de la police, il confirma :

— Objets précieux c'est bien ça, du genre émeraude, saphir, rubis...

Une photographie, au milieu des coupes et des bouteilles, attira son regard. Posait crânement une équipe de foot portant un maillot à l'effigie des Fonderies Grinberg.

— Ils sont partout, dit Félix, qui observait le détective, au foot, au basket, partout. Au lieu de payer des maillots, ils feraient mieux de payer leurs ouvriers.

— Vous n'avez pas l'air de bien les aimer vos anciens employeurs, que vous ont-ils donc fait ?

Marcellin, le patron, à qui rien n'avait échappé, se mêla à la conversation.

— Cherchez pas, c'est un râleur !

— Ils vous ont viré ? poursuivit le Stéphanois.

— Disons que je n'étais pas assez bien pour eux. Pas assez stylé, comme disait la patronne. Y'avait que Céleste pour me défendre.

La discussion opposait désormais les deux Ripagériens. Nick, en retrait, écoutait sagement.

— Ce s'rait pas plutôt que tu courais après la bonniche ?

— La place était déjà prise, et par un Grinberg en plus...

Le patron s'approcha de l'affiche et pointa un joueur du doigt.

— Remarque il est plutôt pas mal le François et il est riche, lui !

— Le frère d'Alphonse ? s'étonna le détective.

— En personne.

— Il joue au foot ?

— Il joue même très bien, c'est la coqueluche de toutes les supportrices. Venez donc dimanche, il y a un match de coupe... il sera là.

Ce frère, poète selon la baronne, avait fait l'objet d'une remarque de l'industriel lors de la première visite du Stéphanois à Saint-Martin-la-Plaine. Il avait été question de voiture et du Salon de l'automobile de Paris. Nick, lui aussi amoureux de voitures, s'en souvenait très bien.

— Il travaille dans l'entreprise familiale ?

— Il y bossait, aujourd'hui il bricole. C'est l'artiste de la tribu, le fantaisiste, le vilain petit canard. La fonderie c'est pas son truc, le travail non plus. Un peu comme moi si vous voyez.

— Et il vit de quoi ?

— Je me le demande bien.

Félix s'approcha du détective et lui glissa à l'oreille :

— C'est p'tête bien lui qui a chouravé les bijoux de la baronne ! Vous devriez aller voir ça de plus près.

Il n'en fallait pas davantage pour que la mécanique se mît en route dans le crâne du Stéphanois : « François l'amant de Marlène... la lettre si facile à dérober et à monnayer... la possible trahison de la soubrette qui découvre le larcin... le scandale inévitable... etc., etc. ! ». Tout ça était réglé comme du papier à musique.

— Vous rêvez, mon ami, ne seriez-vous pas un tantinet jaloux ?

Le chauffeur, pour toute réponse, tourna les talons et prit la tangente.

Nick resta encore quelques minutes, Marcellin, qui n'avait rien perdu des échanges, conclut le débat.

— N'écoutez pas tout ce qu'il dit, c'est une pipelette. Et moi, je vous le dis, la Marlène elle n'est pas du genre à s'enticher d'un chauffeur, elle a beaucoup mieux à faire !

Une nouvelle piste tendait les bras au détective mais là, le terrain devenait glissant, bourré d'obstacles.

Ne dépasserait-il pas les limites fixées par sa commanditaire ? Ne marcherait-il pas sur les platebandes de la police ? Prudence !

22

Jeudi 13 janvier

Le commissaire et ses inspecteurs s'apprêtaient à lire le journal quand Berthier, devant la porte entrouverte, les interpella.

— Ne cherchez pas, je suis le coupable !
Surpris, ils levèrent la tête.
— Coupable d'avoir écrit cet article… j'espère ne pas avoir commis d'impair.
— Non, c'était parfait ! Bien entendu, comme je vous l'ai dit hier soir, je ne suis pas là pour vous dicter vos articles. Il s'agit d'une enquête délicate et nous pourrions avoir affaire à un détraqué qui nargue la police et jubile à la lecture de ses exploits dans la presse. C'est pour cette raison que je vous ai recommandé de ne pas en rajouter pour ne pas stimuler son appétit macabre.

Le journaliste acquiesça d'un signe de la tête, attendit quelques instants, espérant peut-être glaner quelques informations de dernière minute mais, face à des policiers peu loquaces qui lui avaient tourné le dos, il quitta le bureau.
— Il a dû faire un sacré effort sur lui-même pour garder sa plume dans sa poche, plaisanta Bertignac.
— Soyons vigilants, ajouta le commissaire, il est très intelligent et a compris l'intérêt de collaborer avec nous, il

voudra tôt ou tard un retour d'ascenseur. N'oubliez pas cela : ce n'est pas un copain de comptoir et je vous parie que lui et sa troupe sont d'ores et déjà sur le pied de guerre prêts à nous filer le train.

— En parlant de train, il ne faut pas tarder, ajouta Lamblot.

— On y va !

Les consignes se résumaient en un mot : discrétion.

Avril, au volant d'un véhicule banalisé, prit la direction de la place Fourneyron. Il s'arrêta deux minutes pour s'assurer qu'il n'était pas suivi par la clique de *La Tribune*.

Bertignac arriva en trolley et le rejoignit, ils prirent la direction de Saint-Chamond.

À Châteaucreux, trois policiers, dont Lamblot arrivé sur son scooter sautèrent dans la Micheline direction Rive-de-Gier.

À la demande du patron, ils avaient revêtu l'habit de monsieur tout le monde. Lamblot portait un béret et un gros pull-over, les deux autres avaient opté pour des vêtements de travail.

Qu'espéraient-ils dans cet accoutrement ?

Avril et Isidore s'étaient posés la question. Mettre la main sur le criminel ? Ils n'y croyaient pas plus l'un que l'autre, mais qui sait : le hasard, la chance ? Il fallait tenter le coup !

Malheureusement, la journée des policiers, qu'on aurait pu croire en vacances aux frais de la SNCF, se déroula comme on pouvait s'y attendre, sans fait notable.

Quelques contrôles par-ci, quelques vérifications par-là, rien d'autre à se mettre sous la dent.

La morosité, déjà, gagnait les troupes. Seul dans son bureau, le commissaire s'interrogeait, s'interrogeait toujours, il courait après un fantôme.

Il s'approcha de la fenêtre, il faisait nuit. Il vit son reflet dans la vitre et se surprit en train de sourire, un sourire moqueur qui cachait son désespoir.

Ils s'étaient fourvoyés la veille au soir quand, avec Isidore, ils organisaient cette journée. L'idée du train n'était pas judicieuse. « C'est à Châteaucreux qu'il faut concentrer tous nos efforts, ici et pas ailleurs » dit-il à celui qui souriait dans la vitre.

Bertignac frappa à la porte, suivi de Lamblot, leurs visages trahissaient le même découragement. Avril, revigoré, les attendait de pied ferme.

— Finis les allers-retours en train, on va concentrer tous les effectifs sur la gare. Deux agents en uniforme seront près de la sortie et nous guetterons la réaction des passagers.

— Et je suppose qu'on s'intéresse de près à ceux qui, subrepticement, se détournent de leur trajectoire, précisa Lamblot dont le visage juvénile s'illuminait.

— Il y a une sortie principale et, souvenez-vous, sur la gauche, une sortie annexe que peu de gens utilisent. C'est là que doit se porter notre attention. Croisons les doigts.

— Si je peux me permettre, lança Bertignac qui n'avait encore rien dit, on pourrait compléter ce dispositif si nous faisions des photos.

L'espoir brillait à nouveau dans les yeux des trois policiers.

Isidore, prévenu, donna sa bénédiction.

Avant de partir, Avril appela l'hôpital. Marlène, tirée d'affaire, pourrait bientôt être interrogée.

Le vendredi 14 janvier, dès 6h30, le dispositif se mit en place.

Deux gardiens de la paix, les plus grands, visibles de loin, se campèrent de part et d'autre de la porte principale. Trois agents de la cellule scientifique, cachés derrière une fourgonnette, veillaient, prêts à tirer le portrait des récalcitrants.

Le reste de la troupe avait investi le quai et le parking.

À midi, on fit les comptes. Environ cent quatre-vingts photos, beaucoup plus qu'on ne l'envisageait. Explication à ce chiffre : le kiosque à journaux, proche de la sortie annexe, avait attiré, quelques passagers.

Dans l'après-midi, en un temps record, les pellicules furent développées et transmises au service Archives contraint de rendre un rapport sous vingt-quatre heures.

Le samedi en fin de matinée, les premières conclusions tombèrent. Toute l'équipe de Châteaucreux était là.

La comparaison des photos avec celles des archives permit de retenir de façon certaine un seul individu dont le commissaire s'empressa de lire la fiche :

— Un dénommé Frantz Zaug, de Rive-de-Gier, a fait l'objet de plusieurs signalements pour conduite en état d'ivresse. Rien de plus.

Mais le plus surprenant restait à venir…

Dans un silence religieux, les policiers regroupés autour du bureau d'Avril faisaient circuler les photos qu'ils examinaient attentivement.

On échangeait des avis, on se chuchotait à l'oreille quand brusquement la ronde des photos s'arrêta nette dans les mains de l'agent Baudu, qui s'écria :

— Celui-là… Je l'ai vu !

Il hésita quelques secondes… tous étaient pendus à ses lèvres.

— J'en suis certain. Le jour de l'agression rue Romanet, parmi les badauds.

Enfin une piste jugée prometteuse.

Le commissaire, ragaillardi, ouvrit la fenêtre en grand.

— Rien de tel pour remettre de l'ordre dans nos têtes. Bien… René tu fonces au journal avec Lamblot pour consulter toutes les photos prises le jour de l'agression par les reporters. Je te rejoins mais avant je passe voir Malone. N'oublions pas qu'il était aux premières loges avant de recevoir un coup sur la tête.

— Mais chef, c'est samedi, les archives du journal seront fermées.

— Eh bien, tu les fais ouvrir, au besoin tu appelles Berthier.

***

En début d'après-midi, Nick et le commissaire retrouvèrent le rédacteur en chef dans son bureau de la place Marengo. Le détective et le journaliste échangèrent un regard entendu. Difficile d'imaginer en effet qu'ils ne se soient pas croisés ici ou là. Mais le rédacteur en chef, d'habitude plutôt bavard, s'abstint d'épiloguer sur le sujet.

— Dupond et Dupont ne vous accompagnent pas, dit-il.

Avril le dévisagea, songeur.

— Pardon ?

— Vos deux inspecteurs ?

— Si, si, ils arrivent.

Toutes les photos prises rue Romanet étaient étalées sur une petite table.

Le journaliste resta à l'écart de la mêlée qui s'était formée. Il fournit une loupe qui circulait en même temps que les photos, mais pas au même rythme ce qui provoqua quelques embouteillages. Quand...

— Je le tiens, s'écria le commissaire pointant du doigt le coupable.

Une franche rigolade s'ensuivit, même Berthier pouffa de rire : c'était lui que le policier désignait sur la photo.

L'intermède passé, la mêlée se reforma.

Après quelques hésitations, il fallut se rendre à l'évidence : la tête reconnue par Baudu n'apparaissait pas de façon indiscutable sur les photos.

Les policiers quittèrent le bureau du journaliste.

Avril confisqua les photos pour quelques jours et rejoignit Lamblot devant le siège de *La Tribune*.

Nick, que tout le monde avait oublié, fut le dernier à lever le camp.

Il ressentait de la part des policiers, un peu de distance teintée d'un soupçon de mépris.

En d'autres temps, en d'autres lieux, alors qu'il œuvrait dans la police, il avait eu des rapports similaires avec les privés qu'il regardait d'un mauvais œil.

Que s'était-il donc passé depuis leur première rencontre où tous étaient prêts à le considérer comme l'un des leurs ? Isidore le premier.

Craignaient-ils d'être dépossédés de leur enquête ? Avaient-ils subi des pressions ? Ou plus simplement, Nick se racontait-il des histoires ?

Il n'allait pas tarder à le savoir !

Tout près du kiosque à musique, les trois policiers discutaient. La discussion semblait animée.

Le détective s'approcha et la discussion cessa immédiatement.

Un regard du commissaire à l'adresse de ses deux collègues avait suffi pour que leur changement d'attitude, qui ne lui échappa pas, confirme son jugement.

Il les salua et regagna la rue Tarentaize à pied.

Tout ça finalement l'arrangeait.

Il connaissait très bien l'administration et la police n'échappait pas à la règle.

Il existait sans aucun doute, dans une armoire du cours Fauriel, une note de service classée « déontologie » rappelant la circonspection à observer vis-à-vis des détectives et, quelqu'un s'était fait un malin plaisir à la coller sous le nez du divisionnaire.

Qu'importe, il allait remplir son contrat et, le cas échéant, il n'aurait aucun problème à collaborer avec Avril.

Il glissa la main dans la poche de sa veste. Décidément, « tu n'es pas raisonnable » se dit-il , « baste pour la loupe, mais la photo ! ».

Pendant ce temps, les trois policiers poursuivaient leur conversation.

— Qu'est-ce que tu racontes là ? contesta le commissaire.

— L'idée m'est venue quand on a plaisanté sur la présence de Berthier sur la photo.

— Et alors ?

— Alors, poursuivit Lamblot, quand il a saisi la photo j'ai vu sa blessure dans la main droite. On l'a peut-être oublié un peu trop vite cette blessure, non ?

166

— Si j'ai bonne mémoire, il a fait ça en ouvrant des huîtres !

— On pourrait quand même vérifier. Ça ne coûte rien !

— Au contraire, s'énerva Avril, si on met le nez dans ses affaires, il sera très vite informé et je n'ai pas envie de me le mettre à dos, pas tout de suite. On pourrait avoir besoin de lui.

Bertignac vint à la rescousse de son jeune collègue.

— Je rejoins Lamblot sur deux points. Il y a cette blessure dans la main droite que seul un gaucher peut se faire. Rappelle-toi, le légiste a émis l'hypothèse que le meurtrier de Martine était gaucher. Et puis, la présence de Berthier, ce n'est pas son truc de se mêler aux badauds.

Il avait raison, Avril était bien placé pour le savoir.

Le rédac'chef, comme il l'appelait n'aimait pas la cohue, les bousculades. Le jour de l'interrogatoire du détective ne l'avait-il pas rencontré au Café des Marronniers, loin de l'agitation ?

Le commissaire hésita, hésita un long moment. Il ne pouvait balayer d'un revers de la main cette hypothèse.

— Tu vas vérifier, dit-il à Lamblot.

— Je crois me rappeler que Chardon, son collègue, a déclaré qu'il s'était blessé dans un bar.

— Alors tu y vas sur la pointe des pieds. Tu te débrouilles comme tu veux mais en aucun cas tu n'évoques ni Berthier ni les huîtres. Un seul mot d'ordre : discrétion et doigté. …toi René tu t'occupes de Zaug !

23

Dimanche 16 janvier

Penché sur la photo qu'il avait subtilisée au nez et à la barbe des policiers, Nick jubilait. Il s'approcha de la fenêtre, la photo dans une main, la loupe dans l'autre : « pas d'erreur possible ! » claironna-t-il. La piste était sérieuse, très sérieuse ! Avril voulait le tenir à l'écart ? Il allait se rappeler à son bon souvenir !

À 11 heures, il prit la direction de Rive-de-Gier.

Le match commençait à 14 heures ce qui lui laissait un peu de temps pour casser une croûte et commencer ses investigations.

L'affiche était prometteuse. L'équipe locale recevait Givors, la meilleure formation du département voisin. L'année précédente, contre les mêmes, les locaux avaient failli créer la surprise jusqu'à cette erreur grossière du gardien.

Aujourd'hui allait sonner l'heure de la revanche ! Aux armes citoyens…

Deux heures avant le début de la partie, le bar du stade ressemblait à une ruche, à une différence près : ici, les abeilles butinaient un tout autre nectar.

Le patron du Café des Forges avait fait le déplacement, il fit signe au Stéphanois qui vint s'asseoir à ses côtés, à l'arrière du bar transformé pour l'occasion en salle à manger.

— Si vous êtes venu voir François Grinberg, vous allez être déçu. Il n'est pas sur la feuille de match, remarqua le Ripagérien.

— J'ai pourtant cru que c'était le meilleur.

— C'est ce qu'on dit…

Cette absence l'interrogea, aurait-elle un lien avec l'agression de Marlène ?

À 14 heures précises, l'arbitre siffla le début des hostilités.

La rivalité entre les deux équipes ne tarda pas à s'exprimer.

Un joueur sortit sur une civière après dix minutes de jeu. Les supporters de l'équipe adverse, cantonnés dans un coin du stade, donnaient de la voix. Le moindre but et la partie risquait de dégénérer en pugilat.

À la mi-temps, le score nul calma les ardeurs de chacun et Nick profita de ce répit pour se mettre au travail.

De nombreux spectateurs, pour faire corps avec leur équipe, encerclaient le terrain. Il passa de l'un à l'autre avec la même interrogation : « François n'est pas là ? ».

Invariablement les réponses et les visages trahissaient la même déception, leur sauveur les avait abandonnés aux tacles appuyés des Givordins.

La partie reprit avec une ardeur décuplée.

Le Stéphanois, tout juste remis de son coup sur le crâne, se replia hors de portée des belligérants.

Il s'approcha de sa voiture.

Un homme tournait autour du véhicule comme s'il s'apprêtait à l'acheter.

— Elle n'est pas à vendre, lui déclara Nick, heureux qu'on s'intéresse à sa Peugeot.

— Dommage, dit l'inconnu, j'aurais pu commencer une collection.

Le visage de cet homme lui sembla familier, il l'avait vu quelque part. Au moment où l'étranger lui tendit la main, il percuta : l'affiche du Café des Forges.

Une autre surprise l'attendait.

— Bonjour, Monsieur Malone, je suis François Grinberg.

— Ravi de faire votre connaissance, j'espérais vous voir dans la partie. Êtes-vous blessé ?

— Je suis en pleine forme et c'est pour le rester que je ne suis pas sur le terrain. Je suis allé discrètement jeter un coup d'œil à la partie et j'ai préféré battre en retraite.

— J'allais partir moi aussi.

— Vous êtes amateur de football ? demanda Grinberg.

— Je suis stéphanois, donc un peu de foot coule dans mes veines. Mais honnêtement, je m'intéresse peu à l'AS Rive-de-Gier, désolé de vous le dire.

— Mais que faites-vous donc ici ?

— Je vous cherchais.

Nick sortit de sa poche la photo qu'il avait « empruntée » à Berthier et la tendit à son interlocuteur.

— Je me suis dit que c'était peut-être votre 203.

— Vous avez l'œil. Je suppose qu'Alphonse vous a renseigné sur ma passion pour les voitures.

Le Stéphanois acquiesça d'un signe de la tête avant de poursuivre.

— Et je suppose qu'il vous a parlé de moi ?

— Non, c'est Céleste, ma nièce. Elle m'a dressé un portrait précis de vous qui m'a permis de vous reconnaître sans la moindre hésitation. Elle m'a aussi parlé de votre cabriolet… mais je ne suis pas sûr d'avoir tout compris.

— En deux mots, je suis détective privé et votre belle-sœur m'a engagé pour retrouver des bijoux volés.

— Et vous me soupçonnez ?

— Disons que je soupçonne un peu tout le monde…

Nick détailla sa mission jusqu'à ce jour où tout a basculé. Afin qu'aucun doute ne subsiste, il précisa son positionnement dans cette enquête.

— La démarche que j'entreprends aujourd'hui est strictement personnelle et confidentielle. Mais il se trouve que j'ai croisé le chemin de l'agresseur. Et que… je vais être franc, en voyant sur cette photo votre 203 cours Fauriel, l'idée m'a traversé l'esprit que vous pourriez être celui-ci ! Et pour tout dire, je ne suis pas encore rassuré de ce côté-là.

— Vous prenez des risques alors ?

— Pas vraiment…

Il écarta le pan de sa veste pour laisser apparaître un petit automatique glissé sous sa ceinture.

— Je vois, dit François Grinberg, mais rassurez-vous je ne suis pas un assassin. Et puis pour ce qui est de la 203, désolé de vous décevoir mais ce n'est pas la mienne. Je suis rentré hier d'un long voyage en Italie… Quant à Marlène ? Je suis tout simplement son ami.

Son regard s'assombrit.

Sans doute n'avait-il parlé de cette tragique histoire avec personne et se retrouvait seul face aux interrogations, au doute, à la colère.

— Nous nous rencontrons le lundi matin à Saint-Étienne. J'ai de ses nouvelles par Céleste. Les dernières sont plutôt rassurantes.

Des cris de joie éclatèrent dans le stade. Le visage du footballeur s'illumina chassant, pour un temps, les démons qui l'assaillaient.

— Un but ! s'écria le détective.

— Il était temps, la partie va bientôt se terminer.

— Vous jouez depuis longtemps ?

— Depuis toujours. Mon père était un passionné de sport. Alphonse jouait dans sa jeunesse et puis les études ont pris le dessus. Plus tard, Bénédicte, sa femme, qui n'aimait pas ce « sport de brutes », l'a dissuadé de retaper dans un ballon.

— Un sport de brutes vraiment ?

— Croyez-moi, les brutes sont plus souvent dans les tribunes que sur le terrain.

— Vous y allez un peu fort ! Bon ! il y a bien quelques noms d'oiseaux qui fusent mais ça dépasse rarement les paroles.

L'arbitre siffla la fin de la partie.

Les spectateurs assiégèrent la buvette pour boire le dernier à la santé des vainqueurs et refaire le match jusqu'à ce but salvateur.

Déjà, le ciel s'assombrissait, les spectateurs commençaient à quitter le stade.

Le patron du Café des Forges fermait la marche. Il s'approcha de Nick qu'il avait reconnu de loin. Il avançait d'un pas décidé quand, à quelques pas des deux hommes, il opéra un demi-tour aussi rapide qu'inattendu.

Grinberg sourit, il avait vu la manœuvre du cafetier.

— C'est vous qu'il venait voir ? s'étonna-t-il.

— Oui, nous nous sommes rencontrés avant le match... Il est bizarre, je ne comprends pas son comportement.

— Disons qu'on s'évite. Nous avons eu des mots...

Le détective comprit que, derrière ces paroles hésitantes, se cachait la vérité de son éloignement de l'équipe.

— J'ai rencontré, il y a un peu plus d'un an, une jeune fille, avec qui j'ai eu une relation. Le coup de foudre... aussi brutal que fugace. Elle habite Givors. Nous nous retrouvions au Bar de la Marine, à la sortie de son travail. Très vite je me suis rendu compte qu'à chacune de mes visites, j'étais suivi. Je ne me trompais pas. Un jour, un jeune homme m'a accosté dans la rue. « Laisse tomber, ça va mal se terminer » a-t-il hurlé. Il ne rigolait pas, je lui avais chipé sa copine. Notre relation n'a pas résisté à cette violente altercation. Nous sommes devenus bons copains, elle s'est rabibochée avec son loustic, violent mais brave, paraît-il. Je lui téléphone quelquefois mais j'évite les matchs contre Givors. Il y a semble-t-il quelques supporters rancuniers qui rêvent de venger l'honneur de l'amant bafoué.

Trois joyeux drilles, bière dans une main et clairon dans l'autre s'approchaient d'eux.

— Alors François tu l'as retrouvé ta Béal ? brailla le plus petit des trois.

Sans même attendre de réponse, ils continuèrent leur marche triomphale.

— Béal... de Givors... c'est bien ça ? s'exclama Nick.

— Oui... Martine... Martine Béal !

173

TROISIÈME PARTIE

24

Dimanche 16 janvier, stade de Rive-de-Gier

Avant de quitter François Grinberg, le Stéphanois leva le voile sur la série de crimes commis à Saint-Étienne durant son voyage en Italie.

À l'évocation du nom de Martine Béal, les jambes du footballeur pourtant si solides vacillèrent. Nick le retint in extremis avant qu'il ne chancelle.

L'ancienne relation du footballeur était-elle la jeune personne assassinée rue Pierre Termier à Saint-Étienne? Il l'aurait parié.

Ils prirent la route de Givors.

Martine Béal habitait un petit immeuble de trois étages, 132 quai Georges Lévy.

Les deux hommes grimpèrent quatre à quatre les marches d'escalier.

François reprit son souffle avant de frapper à la porte, ce qu'il redoutait se produisit...

Les coups redoublaient de plus en plus vite, de plus en plus fort, sans réponse jusqu'à ce qu'une vieille dame, excédée par le bruit, ne les rassure.

— Je l'ai vu tôt ce matin, elle rentre demain.

François griffonna un mot et quelques minutes plus tard, enfin soulagés, ils reprirent la direction de Rive-de-Gier.

Durant la nuit qui suivit, une idée monopolisa les pensées du détective.

Certes, il y avait bien deux Martine Béal, mais l'habitante de Givors n'était-elle pas celle visée par l'agresseur ? L'idée lui plaisait, car elle donnait du sens à cette affaire en établissant un lien entre le meurtre de la rue Termier et l'agression du passage Romanet.

Ce lien s'appelait François Grinberg.

25

Lundi 17 janvier

Dès 7 heures, Avril approcha du commissariat avec une appréhension non dissimulée.

— Tout va bien? demanda-t-il à l'agent en faction devant la porte d'entrée.

Le sourire de celui-ci le rassura. Les deux policiers avaient la même angoisse : ce lundi serait-il semblable aux deux précédents qui avaient donné au quartier, à la ville l'impression de se retrouver sous une chape de plomb?

Martine Béal, Marlène Sanial, ces noms résonnaient dans sa tête et le mystère qui les entourait était intact. La piste du détraqué qui joue avec les nerfs de la police, bien que privilégiée, restait fragile.

Il regagna son bureau en pensant aux paroles de Lamblot : « Givors, Rive-de-Gier, et pourquoi pas Saint-Chamond maintenant? ». Pourquoi pas, en effet? Difficile pour le commissaire de garder la tête froide alors que le découragement s'emparait de lui. Ses efforts, ceux de ses collaborateurs, lui paraissaient vains, presque ridicules.

Lamblot pointa son nez dans l'encadrement de la porte sortant le patron de son scepticisme.

— J'ai vérifié pour Berthier.

— Berthier… Berthier? Qu'a-t-il fait celui-là?

— Les huîtres, la blessure…

— Oui, excuse-moi, j'avais la tête ailleurs. Alors ?

— Il s'est blessé le vendredi avant le Nouvel An. J'ai eu confirmation du service des urgences de Bellevue.

— Eh bien, on avance… ironisa-t-il.

Le téléphone sonna.

Avril hésita quelques secondes avant de décrocher. Ses mains devinrent moites. C'était Jeannot Limousin, l'annonciateur du malheur, une goutte de sueur glissa dans son dos. L'appel qu'il redoutait tant : « Allo, oui… qui ça ? … oui, qu'il patiente… ».

— C'est Malone, il veut me voir, soupira-t-il rassuré.

— Drôle de type ce Malone, qu'en pensez-vous ?

— Il a le soutien de Polégato et la bénédiction d'Isidore à part ça, que veux-tu que je te dise ?

Nouvelle sonnerie de téléphone.

C'était encore Limousin, mais, avant qu'il ne parle, le commissaire s'emporta : « Malone… qu'il attende, je le reçois dans cinq minutes… ». Mais à l'autre bout du fil, le ton n'était plus le même, c'était un tout autre discours. Le visage du policier se figea avant de virer à l'écarlate : « Quoi ? Qu'est-ce que tu dis ? Rue Neyron… Bon Dieu, ça ne finira donc jamais ! ».

— Suis-moi, dit-il à Lamblot, ça recommence.

Trois agents discutaient dans le couloir, ils les entraînèrent dans leur course et traversèrent le rez-de-chaussée sans un regard pour le détective.

Il ne leur fallut pas plus de cinq minutes pour rejoindre la place Fourneyron.

Durant le trajet, ils n'échangèrent aucun mot. La prédiction de Lamblot s'était réalisée, il préféra ne rien dire de peur de se faire traiter d'oiseau de malheur. Inutile de chercher le lieu du crime, un attroupement s'était déjà formé devant l'épicerie, à l'angle de la place et de la rue Neyron.

Avril traversa la foule sans ménagement. Du corps de la victime, on ne voyait que les grands pieds derrière le comptoir. Il s'agissait d'un homme d'une trentaine d'années. Il portait un sarrau gris, un béret et serrait un crayon dans sa main droite. En chutant, il avait renversé un présentoir de bonbons et autres friandises pour enfant.

Un cordon, l'arme du crime, avait été ostensiblement déposé sur la caisse enregistreuse. Le message était clair : « ne cherchez pas qui a fait le coup... ».

Un fourgon arriva et les policiers repoussèrent les passants trop curieux.

Lamblot appela le patron depuis l'arrière-boutique.

Un vieux monsieur, l'air hagard, les bras le long du corps, attendait, prostré sur une chaise. Une dame, restée en retrait, fit signe au commissaire qui s'approcha d'elle. Elle lui chuchota à l'oreille :

— Je suis la voisine et, disons, un peu sa bonniche. monsieur Palazon est souffrant, il perd la tête.

Sans rien dire, il pointa du menton le jeune homme.

— Son neveu. Il tenait la boutique depuis 3 mois.

Une question brûlait les lèvres de l'inspecteur, Avril, tout aussi impatient, le coiffa sur le poteau.

— Habitait-il Saint-Chamond ?

— Non, Rive-de-Gier. Il venait le lundi matin...

— En train ? s'écrièrent en chœur les deux policiers.

Elle ouvrit grand les yeux, surprise par la question tout en acquiesçant d'un signe de la tête.

Pendant cette courte conversation, elle avait oublié le drame. Mais, quand elle porta son regard sur le jeune homme allongé au milieu des Malabars et des fraises Tagada, elle craqua et fondit en larmes.

Un agent glissa quelques mots à l'oreille d'Avril qui délégua à son collègue la suite des opérations avant de retourner au 99 bis où le divisionnaire l'attendait.

**

Le juge Bornitz, en charge de l'affaire, l'avait rejoint. D'habitude, les policiers étaient convoqués au Tribunal mais, devant l'urgence de la situation, il avait fait le déplacement.

— Pas de doute possible, s'emporta Isidore, on nous mène en bateau, on nous nargue. Le crime précédent est raté alors on recommence et le prochain, comme je l'ai entendu dire ici même… la victime sera de Saint-Chamond.

Le juge, impassible, prenait des notes, beaucoup de notes. Non pas de ce qu'il entendait, mais de ce qu'il se préparait à dire.

Isidore insista.

— Un fou, qui ne cache plus ses intentions. Nous sommes prévenus, il nous lance un défi.

Il serrait si fort son stylo qu'il finit par le casser.

— Et si nous lui tendions un piège ?

— J'y ai pensé, le coupa Avril, pourquoi pas ? Mais cela suppose que nous ayons de quoi l'appâter…

Le juge, attentif et réfléchi, s'éclaircit la voix.

— Tout le problème est là, dit-il avec un fort accent alsacien. Les fous ont leur propre raison, charge à nous de la découvrir. Pourquoi agit-il ainsi ? On pourrait croire, passez-moi l'expression, qu'il cherche à se faire coincer. Il nous donne la clé : le même train emprunté par ses victimes, il s'en prend ensuite à une personne de Givors, puis Rive-de-Gier, etc. On pourrait penser qu'il s'agit d'un être refoulé, moqué, qui, pour exister, se lance dans cette aventure morbide. J'en ai même connu, des vaniteux, des présomptueux, qui veulent crier leur haine à la face du monde... Vous voyez : le spectre est large. Mais je vous rassure, tôt ou tard, ils commettent une erreur et finissent par tomber. Pour finir, j'en ai connu un qui, pour aller au paroxysme de sa folie, de son exhibitionnisme, s'est rendu à la police. Il expliqua lors de son jugement que frustré de son anonymat, il n'avait pas trouvé d'autre moyen pour faire la une de la presse nationale. Je l'avoue, il était passablement timbré.

Isidore remuait sur son siège, il ne voulait pas rester sur la touche. Mais Bornitz, un frémissement de satisfaction sur son visage prussien, taillé à la hache, se racla une nouvelle fois la gorge et termina son analyse avec emphase.

— Comme dit Nietzsche : « Der Teufel steckt im Detail ».

— Le diable se cache dans les détails, plastronna Isidore.

Avril, qui n'en croyait pas ses oreilles, avala sa salive.

— Sauf à dire que tout ça n'est qu'un leurre pour détourner notre regard, suggéra-t-il.

La discussion dura ainsi une grande partie de la matinée.

Les idées fusaient de toute part, mais au bout du compte, il fallut se rendre à l'évidence : chercher le fou qui ridiculisait les flics, ou le stratège qui les trompait, relevait du hasard pour les uns, de la chance pour les autres. Triste constat !

L'heure tournait... le moral craquait tandis que les estomacs gémissaient. La faim emporta la partie.
— Peut-on se restaurer près d'ici ? demanda l'Alsacien.
— En face, au Café des Marronniers.
— La soupe est bonne ?
— On peut dire ça...
— Alors je vous invite.

L'entrée du divisionnaire et du magistrat suivis du commissaire, jeta un froid dans l'assistance. Les clients, le coude levé, se figèrent dans un même élan.

Ils n'avaient jamais vu une aussi belle brochette.

Gaston, le patron, s'empressa de leur offrir l'apéro et les installa à une table tout près du bar, histoire de ne rien perdre de la conversation.

On oublia le tiercé de la veille et on bifurqua sur l'agression du passage Romanet.

À nouveau, le silence se fit.

La porte venait de s'ouvrir, laissant apparaître Lamblot. Avril le rejoignit et ils échangèrent quelques mots avant que l'inspecteur ne fasse demi-tour.
— Rien de plus à Fourneyron ? interrogea Isidore.
— Rien !

On reprit donc, autour du zinc, le dossier Marlène dont l'anonymat était vite tombé aux oubliettes. Certains, les plus futés, évoquèrent à mots à peine couverts les Grinberg. À l'instar de Lamblot, le plus finaud de tous, baptisé La

Ficelle, voyait dans la cité couramiaude l'épicentre du prochain drame.

— Il a largement sa place au 99 bis, plaisanta Bornitz

Au son de «chaud devant», on oublia le détraqué du «Perrache 6h53». L'andouillette à la sauce moutarde, largement arrosée de vin blanc, régala notre triumvirat.

Ce n'est qu'après le café, pris à l'écart du tumulte, qu'ils poursuivirent leurs échanges.

— J'ai bien réfléchi, exagéra le magistrat qui n'avait pas levé le nez de son assiette. Mon père, un cheminot plein d'humour et de bon sens me disait souvent, quand je lui parlais de mon métier, «mon fils souviens-toi de ceci… un train peut en cacher un autre». Voulez-vous que je vous dise pourquoi ce souvenir refait surface aujourd'hui ?

Les deux policiers hochèrent la tête poliment.

— Eh bien, je rejoins l'idée du commissaire, quand il parle de leurre. Notre fou n'est peut-être pas aussi détraqué qu'il veut nous le faire croire. Il nous mène en bateau… en Micheline plutôt. Et, si je veux rester sur cette métaphore ferroviaire, c'est lui qui est au poste d'aiguillage. Il nous entraîne sur la mauvaise voie. Me suivez-vous ?

— Euh… le train qui en cache un autre, bredouilla Isidore, vous voulez dire qu'il y aurait deux trains…

— Tout à fait mon cher, le train de l'illusion qui cache le train de la vérité.

— Et dans cette hypothèse, renchérit Avril, la clé de l'énigme se trouverait dans l'entourage des victimes.

— Ce qui limite vos recherches à priori. À priori seulement, car il faut bien l'admettre…

Tout en parlant, le juge gardait un œil sur Isidore qui commençait sa sieste digestive. Il força le ton pour le garder en éveil.

— Il faut bien l'admettre… la personne que nous recherchons n'est pas forcément dans le premier cercle des victimes, ni même dans le deuxième, le troisième. Un mathématicien féru de calcul de probabilités nous donnerait des chiffres, mais je crains que ceux-ci nous découragent à tout jamais. Il nous reste donc un espoir… la chance !

Déjà il se levait pour quitter les deux policiers.

— Le fou ou le diable, j'ai envie de dire commençons par le diable. Le fou, tôt ou tard, se fera pincer. Quant au diable, on sait dans quelle direction chercher. Bon courage mes amis, tenez-moi informé quotidiennement.

Isidore lui emboîta le pas. Arrivé près de la sortie, il fit demi-tour et s'adressa au commissaire.

— Berthier est là, seul, près du babyfoot, vous voyez ce que je veux dire ?

Il le voyait très bien et rejoignit aussitôt le journaliste.

— L'heure est grave, plaisanta celui-ci, pour que la police daigne s'asseoir aux côtés des lépreux !

— En effet, l'heure est grave. Nous avons deux affaires sur les bras et…

— Trois ! le coupa Berthier.

— Les nouvelles vont vite à ce que je vois.

— Monsieur le commissaire, les nouvelles c'est mon métier. Si elles arrivent trop tard, ce ne sont plus des nouvelles… Le monde change, nous aussi. Il y a quelques années encore, on attendait sagement que la police, la justice nous distillent au compte-gouttes quelques informations, aujourd'hui on explore, on interroge, on analyse… on in-ves-tigue.

Avril ouvrit grand les yeux faisant semblant de ne pas comprendre.

— Disons qu'on joue les Sherlock Holmes.

— En restant dans le cadre de vos prérogatives, j'imagine.

— Bien évidemment… mais n'oubliez pas que la presse est libre depuis la révolution de 1789.

— C'est un plaisir de discuter avec vous, Monsieur Berthier, on apprend beaucoup de choses. Tiens, par exemple sur le meurtre de ce matin, étonnez-moi, que savez-vous de la victime ?

— Je sais son nom Antoine Palazon, il habite Rive-de-Gier et travaille chez son oncle rue Neyron depuis trois mois.

— Rien de plus ? Vous m'intéressez ?

— Son agresseur ?

— Son assassin, voulez-vous dire ? corrigea le commissaire.

— Oui, son assassin.

— Qu'en pensez-vous ?

— Dois-je vous le dire ? Tout ça ressemble à un interrogatoire.

— Monsieur Berthier, j'ai cru comprendre que nous faisions pratiquement le même travail d'enquête. Votre analyse m'intéresse, voilà tout.

— Je pense qu'il s'agit sans doute d'un illuminé, il ne veut pas qu'on lui vole la vedette. Alors en laissant l'arme du crime sur la caisse enregistreuse, il annonce clairement la couleur : « oui, c'est moi le seul responsable, inutile de chercher ailleurs ! ».

— Nous sommes sur la même longueur d'onde, mon cher confrère. À moins que…

— À moins que quoi ? s'étonna le journaliste.

— À moins que tout ça ne soit qu'illusion.

— Une machination ?

— Allez donc savoir ? Vous devriez in-ves-ti-guer dans cette direction.

— Comme nous en sommes aux confidences et bien je dois vous l'avouer, c'est en train de se faire.

— Comment ça ? interrogea Avril.

— Vous m'en demandez beaucoup.

— Je saurai vous renvoyer l'ascenseur, comptez sur moi !

Berthier se rapprocha de la table et invita le policier à en faire autant. Il baissa la voix.

— Pour ma part, je privilégie la thèse du dingo qui cherche la gloire à tout prix. Un temps, j'ai envisagé la piste du complot, mais cette hypothèse ne me paraît pas crédible eu égard aux victimes. D'emblée, je me suis penché sur le cas Alphonse Grinberg. Il est riche, puissant, un terreau pour les jalousies, les intrigues, et plus si complication... Mais, jusqu'à ce jour, je n'ai rien trouvé qui alimente de près ou de loin une quelconque suspicion.

Le commissaire sentit une petite tape sur son épaule et se retourna brusquement. C'était Bertignac.

— J'ai des nouvelles de Frantz, dit-il.

Le journaliste fronça les sourcils : qui pouvait bien être ce Frantz ?

Avril recula sa chaise, signifiant que la discussion était terminée et qu'il n'en saurait pas davantage sur cet inconnu.

— Un conseil tout de même : la prochaine fois quand vous ouvrez des huîtres, soyez plus prudent, lança-t-il à Berthier avant que celui-ci ne les quitte.

— Bien joué René sur ce coup-là ! Il a de quoi ruminer désormais.

Ils firent quelques pas dans la rue avant de regagner le commissariat.

— Alors, raconte, Frantz Zaug serait-il notre homme ?

— J'en doute. Je suis allé au commissariat de Rive-de-Gier où j'ai appris que Zaug s'était rangé des voitures. Il suit un traitement pour son addiction à l'alcool et le jour où nous l'avons vu à Châteaucreux, il avait rendez-vous avec un médecin à Bellevue. J'ai vérifié.

— Autre chose ? Un alibi ?

— Oui, il occupe un emploi de jardinier dans la commune, aucune absence n'a été signalée depuis le début d'année.

— Encore une piste qui nous glisse entre les doigts, soupira Avril.

26

Le même jour, rue Tarentaize

Après sa découverte d'une deuxième Martine Béal, le détective pensa, l'espace d'un instant, faire cavalier seul. C'était prendre un risque inconsidéré, on ne marche pas sur les platebandes de la police impunément, il le savait très bien, et sa licence de détective ne résisterait pas à un tel écart.

Il devait rencontrer Avril le plus tôt possible et l'informer de sa surprenante découverte. Il fit néanmoins un détour par son bureau avec l'espoir de rencontrer sa secrétaire qu'il ne voyait guère depuis quelques jours. « Bien entendu, elle n'est pas là » râla-t-il.

Il jetait un œil rapide dans le courrier quand le téléphone sonna.

— Monsieur Malone ? Je suis Martine Béal. François m'a laissé vos coordonnées, j'aimerais vous rencontrer très vite. Êtes-vous disponible ce matin ?

— J'arrive, s'exclama le Stéphanois.

Elle raccrocha aussitôt.

À 7h45, avant de prendre la direction de Rive-de-Gier, il poussait la lourde porte du commissariat. Limousin le salua.

— Monsieur Malone est bien matinal. Je parie que vous aimeriez parler au commissaire.

Nick fit oui de la tête.

L'agent de police décrocha son téléphone, la discussion ne dura pas trois secondes.

— Il est occupé, mais pourra vous recevoir dans quelques minutes. Autant vous le dire, il est de mauvais poil.

Le détective s'installa dans la salle d'attente.

Le journal du jour, ouvert à la page des faits divers, lui tendait les bras.

CRIMES EN SÉRIE DU QUARTIER FAURIEL
QUE SE PASSE-T-IL AU 99 bis ?

Depuis notre édition du 13 janvier, la police, un temps dans l'expectative, semble avancer des pions... péniblement. À leur crédit, la complexité d'une telle enquête qui met en lumière des évènements irrationnels. En effet, le coupable agit selon un mode opératoire dont il est le seul à connaître les règles. Et... connaîtrions-nous les règles qu'elles nous paraîtraient insensées. Dans ces conditions, mettre la main sur cet individu relève du miracle.

Ce constat établi, on pourrait penser que tout espoir est vain. Eh bien non !

L'équipe du commissaire Avril ne baisse pas les bras, bien au contraire. Des forces supplémentaires ont permis d'orienter les recherches du côté de la gare de Châteaucreux. Des suspects ont été interrogés et mis hors de cause. Dans le même temps, le passé des victimes est examiné minutieusement.

La psychologie du criminel est également étudiée. Plusieurs indices démontrent que, dans sa folie, il délivre des messages. « Il nous nargue, il nous ridiculise », entend-on dans les couloirs du commissariat.

Le commissaire est confiant, il sait qu'à chaque instant un indice, un détail peut relancer l'enquête.

« On est sur le pont ! » déclare un inspecteur en guise de conclusion.

Un silence inhabituel pour un lundi matin régnait dans le commissariat. « Le calme avant la tempête » pensa Nick. En écho à sa pensée, des pas rapides dans l'escalier, comme une armée en déroute, attirèrent son attention. Sitôt après, Avril et Lamblot suivis de trois agents traversèrent au pas de course le hall d'entrée sans même un regard, un signe, pour le détective qui se trouvait là, stupéfait, comme deux ronds de flan.

— N'attendez plus, il vient de partir avec l'inspecteur, s'excusa Jeannot.

— C'est ce que je viens de voir. On est bien reçu chez vous !

— Il aurait préféré vous recevoir, soyez-en certain...

Il s'approcha de Nick et lui glissa l'oreille :

— Ce que tout le monde redoutait... un meurtre place Fourneyron !

Le détective décampa aussitôt. Inutile d'espérer voir le commissaire.

***

À Givors, une nappe de brouillard drapait le fleuve contraignant les péniches, chargées de sable, à faire escale avant de rejoindre Lyon. Un tourbillon de grésil pinça les joues du Stéphanois qui avançait sur le quai. Il vit de la lumière au deuxième étage de la maison de Martine. Derrière les rideaux, elle le guettait.

— Désolé de vous faire revenir, j'avais des choses importantes à vous dire. Des choses que je ne peux pas dire devant François.

Ils étaient restés plantés dans le vestibule.

— Excusez-moi, dit-elle, entrez, j'ai préparé du café.

Le détective jeta un coup d'œil circulaire. Une odeur âcre de tabac froid flottait dans le salon. Martine avait les traits fatigués, des cernes sous les yeux. Sans doute avait-elle très peu dormi.

— François m'a laissé un mot hier soir. Je sais que vous travaillez pour le compte de sa belle-sœur. Il m'a également parlé d'une autre Martine Béal.

— Que vous ne connaissiez pas, je suppose ?

— Je la connaissais. Je la connaissais même très bien.

Son visage se rembrunit. Ses yeux, jusqu'alors impassibles, ne cachaient plus sa peine.

— Les Béal sont nombreux par ici, j'en connais quatre ou cinq. J'étais à l'école primaire avec Martine, nous habitions la même rue. Nous nous sommes perdues de vue quand mes parents sont allés vivre à Lyon. Il y a deux ans, je l'ai rencontrée dans un restaurant de la place Sathonay. Nous nous sommes tout de suite reconnues. Elle venait de terminer ses études et cherchait du travail.

— Habitait-elle toujours Givors ?

— Oui, mais elle espérait s'installer à Lyon.

Elle servit une tasse de café au détective et alluma une cigarette.

— À partir de ce moment, nous nous sommes vues régulièrement. Elle était seule. Parfois elle dormait à la maison.

Les souvenirs qu'elle voulait oublier refaisaient surface. Elle marqua un temps d'arrêt regardant Nick droit dans les yeux.

— Je comprends votre embarras, la rassura le Stéphanois... Votre amie a peut-être été assassinée par quelqu'un pour qui elle représentait un danger. Si c'est le cas, grâce à votre témoignage, nous allons percer le mystère et mettre hors d'état de nuire ce sinistre individu.

— Elle s'est installée rue Mulet, tout près de la rue de La République. Elle trouvait de petits boulots dans les restaurants. Cette vie de bohème lui plaisait bien. Et puis un jour, une place s'est libérée au Blue Paradise, quai Romain Rolland, où je travaillais. Martine gérait le vestiaire, vendait des cigarettes. Rien de bien folichon, mais elle gagnait beaucoup d'argent, grâce aux pourboires. Et puis, un soir... il y a eu une violente bagarre.

Honteuse de cet emploi au Blue Paradise, elle n'en avait parlé à personne. Ni à son copain jaloux comme un tigre, encore moins à François dont elle craignait le jugement.

— Une bagarre qui s'est mal terminée, se souvint le détective. Le lendemain, on a retrouvé un corps dans la Saône. Les responsables n'ont jamais été identifiés.

— Par chance, je ne travaillais pas ce jour-là. Dès le lendemain nous avons quitté Lyon. Nous sommes revenues quelques jours plus tard à la demande du juge pour répondre à un tas de questions, voir des photos... Je suis parti quelques mois à Rosas, en Espagne. Martine est retournée à Givors chez sa mère. On a voulu tourner la page, nous nous sommes perdues de vue. Plus tard, j'ai appris qu'elle travaillait à Saint-Étienne.

Le détective avait eu connaissance de cette affaire du Blue Paradise au moment où il enquêtait sur la disparition de son copain Théo Bergerac. Cette enquête[12], au cœur de la Croix-Rousse, lui avait permis de rencontrer le commissaire Polégato. Ses souvenirs étaient vagues, mais le policier rencontré quelques jours plus tôt dans le bureau d'Avril saurait lui rafraîchir la mémoire.

— Je dois partir, je pense qu'il est préférable de quitter votre appartement le temps que le coupable soit mis sous les verrous. C'est maintenant l'affaire de quelques jours.

— En êtes-vous si sûr ?

— Je le crois... Notre rencontre va orienter les investigations de la police sur une voie jusqu'alors délaissée. Je vais de ce pas rencontrer le commissaire en charge de l'enquête. Voulez-vous que j'appelle François Grinberg afin qu'il vous héberge quelques jours ?

— Inutile, mon copain, qui a voulu à sa manière m'éloigner de François, saura me protéger.

Avant de reprendre la route pour Saint-Étienne, le détective nota plusieurs numéros de téléphone où il pourrait la joindre puis se précipita dans le premier bar venu pour téléphoner à Polégato. Pas de chance, il était du côté de Sauvain, sur les traces d'un braconnier récidiviste et ne rentrerait pas de la journée.

Le temps pressait.

La proximité de Lyon lui donna l'espoir de découvrir des informations concrètes pour consolider, auprès d'Avril, la piste qu'il venait de mettre à jour.

---

[12] cf. « Quoi qu'il en coûte »

Son enquête à la Croix-Rousse lui avait ouvert grand les portes du service archives du *Progrès*.

Une demi-heure plus tard, il garait la 203 rue de La République, sous le regard des Cariatides qui ornent l'entrée.

Ginette, à qui il avait tapé dans l'œil quelques années plus tôt, se fit un plaisir de précéder le beau Stéphanois dans les entrailles secrètes du journal.

— Le Blue Paradise, ça vous parle? questionna le détective.

— Vous parlez du noyé de la Saône, je suppose?

Il fit oui de la tête.

— Et comment que ça me parle, j'habite dans le quartier Saint-Jean. C'était... attendez que je réfléchisse... il y a deux ans... en mai. On en a parlé pendant des mois... et puis pschitt, plus rien.

Elle se dirigeait dans les travées sans la moindre hésitation. Arrivée devant une armoire avec d'innombrables compartiments, elle s'arrêta nette. Elle hésita encore une seconde, ouvrit un tiroir.

— Tout est là, à vous de jouer. Un photocopieur est à votre disposition près de la porte d'entrée, dit-elle avant de tourner les talons et de disparaître.

Vingt minutes suffirent.

Dans sa poche, quatre copies soigneusement pliées qui, à coup sûr, sonneraient le glas de l'étrangleur de Fauriel.

BLUE PARADISE
LA BAGARRE VIRE AU DRAME

Mercredi vers 6 heures, alors que la ville se réveille, des passants alertent le commissariat de la Place des Terreaux : un corps flotte dans la Saône à hauteur du pont Maréchal Juin. Sitôt rendue sur place, la Brigade fluviale repêche le cadavre d'un homme.

Tout va alors très vite. Les langues se délient dans le quartier et conduisent le commissaire Boulin à concentrer ses investigations sur le Blue Paradise, célèbre cabaret du quai Romain Rolland. Selon une source proche de l'enquête, la veille au soir vers 23 heures, une violente bagarre éclate à l'intérieur de l'établissement et très vite se poursuit sur le trottoir. Alertés par les sirènes de la police, les trouble-fêtes se volatilisent dans la nature.

BLUE PARADISE
LES DESSOUS DE L'AFFAIRE

Nous relations dans notre article de jeudi la découverte d'un corps dans la Saône. L'hypothèse d'un homicide, un temps écartée, est désormais acquise après l'autopsie du corps. Et pour cause, l'homme roué de coups était mort avant qu'on ne le jette à l'eau.

L'identification de la victime, connue des services de police, permet de relancer une enquête tomber dans les oubliettes de la justice.

Petit retour en arrière : c'est au cours d'un contrôle de routine au poste-frontière de Ferney-Voltaire (Ain) que la douane française démasque un trafic d'or entre la Suisse et la France.

Un homme de 54 ans, domicilié à Lyon et travaillant dans une entreprise de Genève, « sortait », en toute impunité, de petites quantités d'or. Le larcin répété quotidiennement aurait permis au malfrat d'extraire, au nez et à la barbe de son employeur, une vingtaine de kilos du métal précieux en une année.

Bizarre pour une entreprise suisse dont la réputation en matière de sécurité est légendaire. Eh bien, détrompez-vous ! Fort de cette expérience, le cerveau de l'affaire *(ndlr : qui court toujours)* a eu la bonne idée de réitérer l'opération dans une entreprise de Lausanne, avec le même succès.

L'enquête s'avère compliquée, car elle ne semble pas relever du grand banditisme, mais plutôt d'un travail d'amateur selon les révélations parcimonieuses du commissaire Boulin.

Quant à l'homme interpellé ? Il ronge son frein derrière les barreaux de Saint-Paul. Toujours selon le policier, il semblerait que ce ne soit qu'un maillon de l'organisation qui agissait, selon ses dires, sous les ordres du « noyé ». Difficile donc de vérifier !

BLUE PARADISE
L'ENQUÊTE PIÉTINE

Une semaine après les faits, le commissaire Boulin accompagné du juge Colonna ont, dans une rapide communication, témoigné de l'avancée de l'enquête.

La section scientifique du commissariat central des Terreaux a procédé aux relevés d'empreintes et autres indices matériels. Quatre hommes sont impliqués dans la bagarre. Une première recherche dans les archives *judiciaires du Rhône n'a pas permis d'identifier les coupables. Des portraits-robots sont en cours d'élaboration.*

BLUE PARADISE
UN MOIS DÉJÀ

Un mois après le crime, les recherches sont vaines. Les portraits-robots largement diffusés n'ont pas permis d'avancer, pas plus que le véhicule des meurtriers retrouvé brûlé près d'Annonay.

La thèse, selon laquelle le trafic d'or entre la Suisse et la France est l'œuvre d'une bande d'amateurs inconnue des services de police du Rhône, est plus que jamais privilégiée. Elle rend d'autant plus difficiles les investigations.

À la demande du juge d'instruction, les recherches vont s'étendre à l'ensemble du territoire.

Après la lecture de cet article, le dernier concernant cette mystérieuse affaire, Nick reprit la route de Saint-Étienne.

Enfin une piste sérieuse.

L'étrangleur avait croisé la route de Martine et brouillait les pistes en commettant d'autres crimes. Il ne s'agissait donc pas d'un illuminé qui faisait joujou avec la police, mais d'un être machiavélique prêt à tout pour cacher son passé.

Restait à le retrouver vite, très vite, avant qu'il ne poursuive son projet diabolique.

27

À 14 heures, le détective retrouvait sa place dans la salle d'attente du commissariat, décidé à faire le siège tant qu'il n'aurait pas rencontré le commissaire.

Il adressa un signe au planton qui vint à sa rencontre.

— Il ne devrait plus tarder, il est en face.

Dix minutes plus tard, le patron suivi des deux inspecteurs traversèrent si vite le rez-de-chaussée qu'il faillit ne pas les voir. C'est seulement dans les escaliers qu'il les interpella.

— Il faut que je vous parle tout de suite.

Surpris, les trois policiers braquèrent sur lui un regard réprobateur.

— Ça ne peut pas attendre ? lança Avril.

La moutarde commençait à monter au nez du détective qui avait une nouvelle fois l'impression d'être considéré comme un empêcheur de tourner en rond.

— Écoutez ! j'ai quelque chose d'important à vous dire. Vous n'avez pas le temps ? Eh bien, je vais aller raconter mon histoire au divisionnaire. Je suis sûr qu'elle va l'intéresser… Bigrement l'intéresser !

— Suivez-moi, je vous donne cinq minutes, j'ai un autre meurtre sur les bras.

— Cinq minutes, ce ne sera pas suffisant, vous avez un meurtre, moi j'ai une piste sérieuse pour retrouver le coupable !

Le visage des policiers se figea le temps que l'information monte au cerveau… et redescende :

— Excusez-moi, j'ai les nerfs à fleur de peau.

Dans le bureau du commissaire, les esprits se calmèrent.

On enterra la hache de guerre, on se tutoya et, pour sceller le retour à la fragile entente cordiale, le chef demanda à sa charmante collaboratrice de leur servir un café.

Le détective savoura cet instant où les trois policiers, beaucoup moins péremptoires, étaient pendus à ses lèvres.

Il ne profita pas de cet avantage et très vite fit part de ses découvertes : la rencontre avec François Grinberg « dans le cadre de mon contrat » précisa-t-il, puis l'existence d'une deuxième Martine Béal et enfin l'affaire du « Blue Paradise ».

— Une deuxième Martine Béal qui connaissait et travaillait avec l'autre Martine au Blue Paradise, articula Avril perplexe.

— Et qui était peut-être la cible du tueur ? ajouta Bertignac.

— Je ne le pense pas… elle n'était pas au cabaret le jour de la bagarre, conclut le détective qui remit au commissaire les copies d'articles du Progrès.

Les feuilles circulèrent de mains en mains.

C'était une gifle qu'ils prenaient en pleine figure. Pourquoi, lui et ses deux inspecteurs, étaient-ils passés à côté, qu'avaient-ils donc foutu pendant la semaine qui avait suivi le meurtre de Martine Béal. Bien sûr, à partir du lundi suivant c'était une tout autre histoire. « Mais du 3 au 7 Bon Dieu ! ».

— Enfin quelque que chose de concret, lança-t-il un brin désabusé, c'est du sérieux. Bravo Nick…

L'idée la plus sombre trottait dans la tête des fonctionnaires. Une idée dont ils avaient du mal à se libérer. « Aurions-nous pu éviter les autres drames ? ».

Un ange passa, laissant chacun en proie à ses responsabilités. Nick comprit que la bonne nouvelle qu'il leur servait sur un plateau entachait leur amour-propre. Se faire doubler par un privé, dur à avaler !

Bérangère, la secrétaire, avec son plateau et sa démarche chaloupée, creva l'abcès.

— Excusez le retard, le percolateur de Gaston est en panne. Il a dû ressortir la vieille débéloise.

La débéloise fit son effet. Un rire nerveux, mais un rire tout de même, sonna le début de la fin des états d'âme.

Seule l'action allait tordre le cou définitivement à leurs scrupules légitimes.

— J'ai tenté, en vain, de joindre Polégato. Il était en poste à la Croix-Rousse à cette époque, et pourra nous renseigner.

— Très bonne idée. En attendant, nous devons revoir notre stratégie et nous concentrer sur le premier meurtre. On l'a dit, on l'a répété, rabâché, ce que nous cherchons c'est un détail, une allusion, une confidence qui va nous mettre sur la voie. Je propose que nous reprenions depuis le début.

Les inspecteurs avaient déjà le nez dans leurs notes.

— Fouiller dans le passé de Martine, ce que nous n'avons, à l'évidence, pas suffisamment fait, confessa le commissaire. On va se partager le boulot. Je me charge du boulanger, de Bancel, le propriétaire du local où a été retrouvé le corps, et de la concierge de Martine. René, tu réinterroges les gamins, Pierrot, les copines stéphanoises.

Lamblot, tu retournes voir les collègues de travail et... son patron dont j'ai oublié le nom.

— Romain Philippon, le patron et madame Genévrier sa collègue.

— C'est ça. Inutile de vous dire qu'en aucun cas, on n'évoque la deuxième Martine Béal. On se retrouve demain en fin de journée.

Le message était clair ! Le commissaire attendit que les deux inspecteurs quittent le bureau puis se retourna vers le détective.

— Encore une fois merci. Dommage que tu ne fasses plus partie de la maison. Tu as sans aucun doute des contrats à honorer... N'oublie pas les bijoux de madame Grinberg.

— À ce propos, l'interrompit Nick, quelles sont les nouvelles concernant Marlène ? J'aimerais bien lui rendre visite.

— Elle est toujours à l'hôpital où elle se remet lentement. Le médecin craignait des séquelles, aujourd'hui il est rassuré. Elle reste sous notre protection, mais je donne des instructions pour que tu puisses la rencontrer.

— Tu l'as interrogée ?

— Toujours pas. Nous attendons l'accord du médecin.

Ils se serrèrent la main un long moment comme si cette séparation marquait la fin de leur éphémère collaboration.

C'était la première fois qu'il quittait une enquête par la petite porte et cette première fois était dure à avaler.

Sa raison lui dictait de tourner la page, mais... il n'était pas raisonnable !

***

Dans les couloirs de l'hôpital, trois infirmières papotaient quand Nick s'approcha d'elles.

— La chambre de Marlène Sanial s'il vous plaît ?

— À l'étage supérieur, vous ne pouvez pas vous tromper : un agent de police filtre les entrées. Je vous préviens, il n'a pas l'air commode avec son air bougon, mais c'est un brave type.

Il s'apprêtait à tourner les talons quand la plus vieille des trois qui le dévisageait depuis son arrivée le reconnut.

— Vous êtes…

Le détective, à son tour, percuta.

— Oui, c'est ça… Comment dire ? Je suis son compagnon d'infortune. J'ai eu plus de chance quelle, je ne suis resté ici que deux ou trois jours. Comment va-t-elle ?

— Beaucoup mieux, peu à peu elle s'alimente. Le médecin est optimiste.

— D'autres personnes ont cherché à la voir ?

— Oui, un vieux monsieur, « Alphonse Grinberg » m'a-t-il dit, il avait un bouquet de fleurs… J'ai pensé que c'était son père. Un journaliste aussi s'est présenté. Ils se sont fait refouler illico presto.

Il laissa les infirmières à leur bavardage et se dirigea vers l'étage supérieur.

L'ange gardien n'avait rien d'un ange et les heures passées à faire les cent pas devant la chambre de sa protégée avaient entamé sérieusement sa bonhomie.

Il s'approcha du policier qui cessa immédiatement sa gymnastique tout en pointant un œil sévère sur l'intrus.

— Malone, le commissaire Avril a dû vous prévenir de ma visite.

— Oui… vous pouvez entrer, le docteur Marchand est là.

La chambre lumineuse disposait d'une large fenêtre d'où l'on apercevait les pentes enneigées du Guizay. Marlène écoutait attentivement le professeur.

À la vue de Nick, ses sourcils firent un bond, le médecin comprit et se retourna.

— Monsieur Malone, quel plaisir de vous revoir en forme !

Puis se retournant vers sa patiente.

— Vous lui devez une fière chandelle, j'ai cru comprendre qu'il est arrivé à temps.

La jeune dame hocha la tête, ses yeux brillèrent avant qu'une larme ne roule sur sa joue.

— Merci, réussit-elle à dire.

Un sourire glissa sur ses lèvres comme une brise sur une mer calme.

Il s'approcha d'elle. L'émotion à son tour le gagnait, il prit ses mains qu'il serra longuement.

Avant de quitter la chambre, le professeur ajouta :

— Cinq minutes, pas plus. Elle doit se reposer.

Ils partagèrent ces trop courtes minutes en échangeant des regards, des sourires qui remplaçaient les mots, que ni l'un ni l'autre ne parvenaient à prononcer.

28

Mardi 18 janvier

Le Café des Marronniers plongé dans la pénombre à cause d'une panne électrique retrouva des couleurs, dès lors qu'Avril poussa la porte.

— Un miracle, dit Gaston, et voilà notre sauveur.

Le brouhaha, un temps suspendu, reprit de plus belle et l'on put enfin suivre la énième course hippique sur le poste de télévision.

Berthier, à sa place habituelle — suffisamment distante du zinc pour travailler dans un calme relatif, mais suffisamment proche pour ne rien perdre des échanges — noircissait une feuille de papier.

— Eh bien, vous en avez des choses à dire, dommage que mes « clients » ne soient pas aussi prolixes, s'exclama le commissaire.

— Sachez mon cher, qu'un bon journaliste peut pondre, passez-moi l'expression, une page entière avec un vol de cacahuètes. Et je ne vous parle pas d'un voleur recherché par toutes les polices du monde, je vous parle d'un morveux désœuvré.

Avril s'approcha du gratte-papier dans l'espoir de jeter un œil sur les aventures du voleur de cacahuètes.

Depuis l'agression de la rue Romanet, Berthier avait délaissé tous les faits divers pour ne s'intéresser qu'aux industriels de Rive-de-Gier. Et, à la cadence où il écrivait, sans doute avait-il déniché quelques informations exclusives. Se laisserait-il aller à la confidence ?

— Qui donc allez-vous jeter en pâture à vos lecteurs ? Je mets dix francs sur Bénédicte Grinberg.

— Drôle de personnage que cette châtelaine de Saint-Martin-la-Plaine. Pour les uns, c'est elle qui est aux commandes des fonderies ; pour les autres, c'est une gourgandine qui accumule les conquêtes.

— Et vous penchez pour la gourgandine, je suppose ?

— Ni l'une ni l'autre… C'est une femme très intelligente. Elle a connu Alphonse, alors qu'ils faisaient leurs études à l'École des Mines. Elle est sortie major de sa promotion loin devant son futur mari. Le problème c'est qu'elle n'a pas un sou !

— Alors… elle mise tout sur l'héritage de son mari, ironisa Avril.

— De son mari qui la trompe et qui pourrait bien divorcer et la mettre sur la paille.

— Vous lisez trop France-Dimanche, ne tombez pas dans la boue.

* * *

Rien sur la tête de ses deux inspecteurs, ne laissait supposer une quelconque avancée de l'enquête. En regagnant son bureau, Avril le remarqua tout de suite.

Le téléphone sonna, comme pour les extirper de cette léthargie contagieuse dans laquelle ils s'enlisaient.

C'était le commissaire de Montbrison.

Le monologue dura cinq bonnes minutes, le visage fermé du patron ne rassurait pas les deux inspecteurs pendus à ses lèvres. Ils espéraient un mot, un déclic, mais rien… Rien jusqu'à ce petit rictus qui, après quelques hésitations, se transforma en sourire : « Ah bon… pourquoi pas ? Il fallait y penser… merci quand même pour l'information… ».

— Ah ce Polégato, il me fera toujours rire. Vous ne devinerez jamais ce qu'il vient de m'apprendre ?

— À propos du noyé de la Saône ?

— Non, à propos de l'or volé.

Il faisait durer le plaisir tant la révélation du Montbrisonnais était inattendue… et drôle.

— Je vous mets sur la voie, il s'agit de la façon dont les malfaiteurs franchissaient la douane en toute impunité.

— En bateau sur le lac Léman ? proposa Lamblot.

— Beaucoup plus drôle.

— En ski, à travers les Alpes vaudoises ? suggéra Bertignac.

— Beaucoup mieux que ça. Plus suisse que suisse !

— Les couteaux… les couteaux suisses ?

— Tu brûles.

Une idée traversa l'esprit de Lamblot, une idée tellement saugrenue qu'il hésita quelques secondes avant de lancer :

— Dans un coucou suisse…

— Bravo Lamblot, ils se mêlaient à des groupes de touristes et ramenaient les coucous dans les coffres des autobus. L'affaire n'a jamais été révélée à la presse, de peur du ridicule.

Lamblot et Avril éclatèrent de rire. Seul Bertignac, en retrait, semblait ailleurs.

— Ça ne va pas René ? s'inquiéta le commissaire.

— Je crois bien…, balbutia-t-il.

— Explique-toi bon Dieu ! s'énerva Lamblot.

— Je crois bien qu'on le tient... j'ai vu un coucou chez Mado.

— D'où sort-elle celle-là ?

— Le bistrot où j'ai interrogé les gamins... les gamins qui ont découvert le corps de Martine Béal.

Avant qu'ils ne s'enflamment, le patron joua les rabat-joie.

— Attendez les gars, gardons les pieds sur terre. Un coucou dans votre maison ne fait pas de vous un criminel.

L'inspecteur sortit son carnet de notes qu'il feuilleta énergiquement.

— Durant l'interrogatoire des gamins, Marius, le gérant, m'épiait derrière les rideaux de la cuisine. J'ai tout de même remarqué qu'il est plutôt grand... comme l'inconnu du Monoprix.

— On peut très bien imaginer qu'il ait eu peur d'être reconnu par Martine, ajouta Lamblot.

— Le voilà peut-être le détail tombé du ciel, conclut le commissaire. Et puis, entre nous soit dit, on n'a rien d'autre à se mettre sous la dent.

Plusieurs options s'offraient à eux pour élucider le mystère du coucou.

— On convoque Marius, voilà tout, c'est simple et rapide, dit l'un.

— On interroge discrètement le voisinage, on retrouve les organisateurs des expéditions suisses, suggéra l'autre.

— Je préfère cette proposition. De toute façon, nous aurons à faire cette enquête, alors autant le recevoir avec des arguments, trancha le chef sans pour autant montrer beaucoup d'enthousiasme...

Il se leva, fit le tour du bureau, ouvrit la fenêtre, inspira une grande bouffée d'air frais…

— Tout compte fait, je pense que l'on peut faire mieux, beaucoup mieux…

Il appela sa secrétaire.

— Bérangère, allez voir au Café des Marronniers si Berthier est toujours là. Dites-lui que je souhaite le voir dans un quart d'heure.

Ses deux collègues, cloués sur leur chaise, ne pipaient mot, attendant une explication qui tardait à venir. Depuis plusieurs minutes le commissaire avait la tête ailleurs. Il échafaudait un scénario pour attraper le coucou avant qu'il ne s'envole.

— On va le piéger, finit-il par avouer.

— Et Berthier dans tout ça ?

— Il va nous aider.

— Tu vas lui demander d'être complice de la police, il n'acceptera jamais.

— Je ne vais rien lui demander. Je vous expliquerai plus tard. En attendant, pas un mot à qui que ce soit. Demain, on continue l'enquête. René, tu interroges les collègues de Lyon, Lamblot, tu regardes de près le train de vie de Marius.

Il jouait gros sur ce coup-là, mais l'idée lui plaisait, car si le cafetier n'avait rien à faire dans cette série de crime, peut être ramènerait-il dans ses filets un autre poisson.

Isidore et le juge Bornitz prévenus donnèrent leur aval pour lancer l'opération « enfumage ».

***

Il jeta un coup d'œil dans le couloir. Berthier l'attendait.

C'était une des rares fois que le commissaire l'invitait dans son bureau.

— Vous me surprendrez toujours, confia le journaliste à son hôte.

— Vous avais promis lors de notre rencontre d'hier, si j'ai bonne mémoire, de vous renvoyer l'ascenseur. Eh bien, chose promise chose due... j'ai une information de la plus haute importance à vous communiquer.

— Les bras m'en tombent, se moqua Berthier.

— Nous sommes sur le point d'arrêter le coupable.

— Rien que ça ?

— Rien que ça !

— J'en prends note, mais, s'il vous plaît, ne me lâchez pas que des miettes.

— J'ai cru comprendre qu'avec des miettes, vous étiez capable d'écrire un roman.

— Oui, tout à fait, mais avec si peu de matière on pourrait croire que c'est une farce.

— J'entends bien. Je m'explique : il y a deux ou trois ans, un homme a été jeté dans la Saône, l'enquête a révélé que cet homme faisait partie d'une bande de trafiquants d'or.

— L'affaire du Blue Paradise ? questionna le journaliste.

— Vous connaissez, le contraire m'eût étonné !

Avril rappela les faits tels qu'ils lui avaient été révélés par Nick et termina son récit sur l'assassinat de Martine Béal.

— Sans doute a-t-elle reconnu l'assassin plusieurs années après, ce qui lui a coûté la vie.

— Mais quel rapport avec les autres crimes ?

— Aucun rapport.

— Vous voulez dire que le meurtre de la rue Neyron, les agressions de la rue Romanet, sont le fait d'un autre individu.

— Non, je veux dire qu'ils sont l'arbre qui cache la forêt. Mais pour en revenir à nos trafiquants, un témoin vient de se manifester, il est décidé à témoigner, mentit le commissaire.

— Ce n'est pas un ascenseur que vous me renvoyez, c'est un monte-charge... merci pour l'information... que voulez-vous que j'en fasse ?

— Ça c'est votre métier, mon vieux, faites-en bon usage. Attention tout de même à ne pas entraver l'action de la police. J'imagine le titre de votre article : « Un témoin venu de Lyon relance l'affaire qui secoue Saint-Étienne », avec ça et le Blue Paradise, vous avez de quoi tartiner.

— Et ce témoin, vous l'avez rencontré ?

— Jamais, il doit me contacter.

— Ce n'est pas risqué pour lui ?

— Nous en avons parlé au téléphone, il a conscience du danger, mais il est fermement décidé.

L'entretien terminé, Isidore ne tarda pas à venir frapper à la porte du commissaire.

— Alors ? A-t-il flairé le piège ?

— Je ne le pense pas...

On était mardi, l'action qui nécessitait des renforts, se déroulerait le vendredi suivant.

29

Mercredi 19 janvier

— Où étiez-vous Nick ? Une femme jalouse sollicite un entretien.

Elle appuya exagérément sur le « sollicite » avec un sourire malicieux.

— Quel genre ?

— Du genre qui « sollicite » si vous voyez ce que je veux dire.

— Je le vois très bien ! et je ne vous cache pas que c'est le genre que je préfère.

— C'est tout ?

— Non. Bénédicte a appelé.

— Bénédicte ? Je vous trouve bien familière avec madame Grinberg, se moqua Nick. Serait-elle devenue votre copine depuis votre rencontre dans les couloirs de l'hôpital ?

— Pas encore... mais ça ne saurait tarder !

— Que me voulait-elle ?

— Rien, c'est à moi qu'elle voulait parler.

Il n'en fallut pas plus pour que le flair légendaire du détective surprenne sa collaboratrice.

— Elle a retrouvé la lettre ? paria-t-il.

— Vous êtes au courant ?

— Non, disons que je ne suis guère surpris. Félix, son ex-chauffeur m'a mis la puce à l'oreille en me décrivant son ancienne patronne.

— Que vous a-t-il dit ?

— Qu'elle était bordélique au-delà de ce que l'on peut imaginer ! Et alors, où l'a-t-elle retrouvée cette fameuse lettre ?

— Dans son Jodhpur... dans son pantalon d'équitation si vous préférez. Mais rassurez-vous, elle a laissé de quoi se faire pardonner.

— Corneille ?

Elle acquiesça d'un clignement de cils.

— Dommage, je serais bien allé au bout de cette histoire.

Puis, sa fausse rancœur avalée, et en hommage à ce cher Corneille, il déclama : « à vaincre sans péril, on triomphe sans gloire ».

Après quoi, sautant du Cid à l'âne, il reprit son bâton de pèlerin :

— Philippon, Romain Philippon, ça vous parle ?

— Philippon, Philippon, oui, on a cet article dans nos tablettes, laissez-moi cinq minutes...

Elle disparut dans une petite alcôve où elle archivait les dossiers. Cinq minutes plus tard, elle revint avec une grande enveloppe qui ne contenait qu'une seule feuille.

— Voilà ce que je viens de trouver.

— Bien maigre dossier, dit le détective. Je parie qu'il trompe sa femme ?

— Faux, c'est elle qui trompe son mari. Il est venu nous voir, il y a tout juste deux ans. C'est moi qui l'ai reçu. Comme d'habitude... Vous n'étiez pas là. Autant que je me souvienne, c'est plutôt un bel homme, très élégant.

— Tout ce qu'il faut pour plaire à une belle femme comme vous... je comprends pourquoi vous ne l'avez pas oublié.

Elle continuait à lire le document feignant d'ignorer les flatteries du chef.

— Il n'a pas donné suite.

— Pourquoi donc, on était trop cher ?

— Non, je n'ai rien noté à ce sujet. Peut-être a-t-il eu des remords. Faire suivre sa femme, c'est grave, non ?

— C'est souvent le début de la fin.

— Pourquoi vous intéressez-vous à lui aujourd'hui ?

— C'est le directeur technique de la société où travaillait Martine Béal. Vous pouvez me donner l'adresse ?

— Vous ne partez pas tout de suite ? soupira-t-elle.

— Si, si, le temps presse.

— 14 rue Gutenberg, lui lança-t-elle alors qu'il avait déjà la main sur le loquet de la porte.

***

Le marché de la place Bellevue, sous les frimas de l'hiver, rassemblait, malgré tout quelques ménagères chaudement emmitouflées.

Nick s'arrêta un instant parmi les curieuses qui buvaient les paroles d'un camelot. Il vantait la dernière cafetière électrique de chez Moulinex : « nouvelle et pas chère ». Il faillit se laisser embobiner jusqu'à ce que la raison reprenne le dessus.

Pendant le trajet en tramway, entre les arrêts Hôtel de Ville et Place du Peuple, c'est-à-dire en un rien de temps, il avait travaillé son personnage. Un de ses préférés, qui lui donnait la plupart du temps entière satisfaction. Dans ces moments-là, il ne regrettait pas d'avoir quitté la police où la comédie ne faisait pas partie des techniques d'investigation.

Avant de pousser la porte du 14 de la rue Gutenberg, il endossa son nouveau costume.

— Bonjour, je voudrais parler à madame Genévrier.

— De la part de qui ? répondit peu aimablement l'hôtesse d'accueil plongée dans la lecture d'un magazine.

— De la part de Dominique Béal... je suis l'oncle de Martine.

Elle réalisa sa maladresse et baissa les yeux. Le magazine disparut.

— Une seconde s'il vous plaît, murmura-t-elle, honteuse. Elle s'éclipsa aussitôt et revint quelques minutes plus tard.

— Elle ne peut pas vous recevoir tout de suite, mais propose de vous rejoindre dans une petite heure au Gutenberg... c'est un café tout près d'ici...

— Très bien, je l'attendrai.

***

Personne dans le bar.

Il commanda un café. Le gros titre de *La Tribune*, posée sur le comptoir, attira son attention.

TOURNANT DANS L'AFFAIRE
DU COURS FAURIEL

La funeste série continue. Lundi, à deux pas de la place Fourneyron, un vieil homme découvre le corps inerte de son neveu dans l'épicerie familiale (ndlr : les identités n'ont pas été révélées). La police alertée par une voisine ne peut que constater la mort du jeune homme. Selon les premières constatations, tout laisse à penser que ce crime perpétue la série qui endeuille la ville depuis le début de l'année. Selon nos informations, qui restent à vérifier, l'arme du crime serait identique à celle utilisée lors des meurtres précédents. Autre détail troublant, qui relance l'enquête, toutes les victimes empruntent, chaque lundi matin, le train en provenance de Perrache. C'est donc dans le quartier de la gare de Châteaucreux que le commissaire Avril concentre ses recherches avec... au bout du tunnel, une lueur d'espoir.

Une lueur d'espoir, s'étonna Nick, curieux de lire la suite. La patronne s'approcha de lui pour prendre sa commande.

— Je crois qu'ils vont l'arrêter celui-là, dit-elle en pointant du menton le journal.

— Vous en êtes sûre ?

— C'est en tout cas ce que laisse entendre le journaliste...

Il reprit sa lecture.

En effet, selon des sources proches de l'enquête, le commissaire Avril, que nous avons rencontré, affiche un optimisme peu habituel depuis le début de l'enquête. Le mobile de l'un des homicides aurait un lien direct avec une autre affaire qui s'est déroulée à Lyon, sur les quais de la Saône, il y a deux ans. Affaire dite du « Blue Paradise », dont nous avions fait écho dans nos colonnes. L'enquête en sommeil pourrait bien être relancée par la déposition d'un témoin qui sort de son silence.

Ce témoin est attendu à Saint-Étienne dans les prochaines heures.

— Alors je n'avais pas raison ? se moqua la serveuse.

— Je peux téléphoner ? demanda le détective pour toute réponse.

— Au fond du couloir.

Par chance, Avril était à son bureau et put lui confirmer la véracité des informations révélées dans le journal. Il lui dévoila la piste dite du « coucou suisse » et le suspect ciblé par le piège qu'il allait mettre en place dès le lendemain.

— Et qui sera l'appât de votre machination ?

— Moi ! Vendredi à 9 heures je me rends à Châteaucreux, j'arpente la gare en long et en large histoire de bien me faire repérer. Bien entendu, je serai seul.

— Et après ? Le témoin ? Il vous faut un témoin pour que ça marche...

— Après... j'y travaille, mentit-il.

Depuis le début de la conversation, la patronne lui tapotait l'épaule, il se retourna après avoir raccroché.

— Je crois qu'on vous attend.

Il l'imaginait plutôt jeune et fut surpris de voir cette dame proche de la retraite, coquette dans son manteau gris avec un col en renard et des gants en cuir. Elle adressa un sourire plein de compassion au faux oncle de Martine.

— Je ne m'en remets pas, dit-elle en prenant les mains de Nick. C'était une jeune fille gentille et travailleuse. Que lui est-il donc arrivé ?

Le détective n'avait pas la réponse, il lui retourna son sourire.

— Je crois que nous allons bientôt le savoir. La police travaille, mais peut-être pouvons-nous l'aider.

— Comment ça ? s'étonna-t-elle.

— En fouillant dans votre mémoire pour y trouver une parole, une attitude passée inaperçue alors, mais qui pourrait être la clef du mystère.

— Une confidence par exemple ?

— Oui, très bien.

— Elle m'a confié qu'elle était enceinte... Son ami, le père de l'enfant, je suppose, fait son service militaire en Alsace.

— Vous la connaissiez depuis longtemps ?

— Non, quelques mois.

— Le plus important, me semble-t-il, est de se concentrer sur la fin d'année.

Comme il était douloureux pour la collègue de Martine de faire défiler dans sa mémoire les derniers jours de la jeune fille.

— Elle aimait rire, c'était une jeune fille brillante, heureuse à Saint-Étienne. Une des dernières fois où nous avons beaucoup ri, c'était le 31 décembre, un vendredi. On avait l'après-midi libre alors nous sommes descendues dans le centre-ville.

Nick se redressa, se pencha vers son interlocutrice et dressa l'oreille. « Nous y voilà » pensa-t-il, flairant le détail qu'il attendait... le détail décisif.

Malheureusement, il n'avait pas fini d'attendre...

Une clochette sonna la fin des confidences, le moral du détective s'effondra et la porte du café s'ouvrit.

— Philippon te cherche de partout.

— J'arrive.

Il eut juste le temps de lui donner son numéro de téléphone avant qu'elle ne s'éclipse.

30

Vendredi 21 janvier

« Nick Malone ! avec un nom pareil il faut absolument que vous parliez la langue de Shakespeare » s'était moquée la rousse et belle Meghan Fisher tout juste débarquée de Manchester.

Il avait fait sa connaissance en août alors qu'elle se baladait à Saint-Victor-sur-Loire, tout près de sa maison de campagne. Elle cherchait le meilleur endroit pour contempler les méandres de la Loire. Et, comme par hasard, le meilleur endroit pour admirer la presqu'île du Châtelet se trouvait être depuis sa terrasse.

Il ne blaguait pas. Le maire de la commune avait été le premier convaincu et, depuis ce jour, lui rendait visite régulièrement. Une première fois, accompagné du député de la circonscription, puis avec le sénateur jusqu'à ce jour béni de la visite de l'évêque de Saint-Étienne… pas moins !

Depuis cette rencontre avec la belle Mancunienne, le goût qu'elle avait fait naître en lui des langues étrangères avait chamboulé son cœur. Alors, chaque vendredi, il se rendait place de l'Hôtel-de-Ville, chez Berlitz où elle enseignait.

Mais… ce matin-là il hésitait.

Devait-il aller à la gare, où se jouerait peut-être la fin de la tragédie, ou devait-il sagement y renoncer ? La sagesse et la raison n'étaient pas inscrites dans ses gènes, mais pas question d'entraver le plan du commissaire.

Pour combien de temps ?

Du côté du 99 bis, dernière réunion de crise avant qu'Isidore ne lance l'opération qu'il avait fièrement baptisée « Terminus Châteaucreux ».

Lamblot prit la parole en premier.

Il s'était intéressé de près au niveau de vie du collectionneur de coucou suisse. Pas de manoir en Écosse, ni de Bugatti dans l'arrière-cour du bar de la place Chapelon, mais une jolie fermette en pierre du côté de Tence, et une 404 break dernier cri. Cela ne faisait pas de lui un meurtrier mais confortait l'idée que le tenancier du bistrot de la place Chapelon bénéficiait sans aucun doute de revenus annexes substantiels.

Bonne pêche également pour Bertignac, diligenté auprès de ses collègues de Lyon.

Il ramena dans ses filets une copie d'empreintes digitales récupérées miraculeusement sur le véhicule incendié des meurtriers du Blue Paradise. Une Traction Citroën immatriculée dans le Doubs repérée par le portier du cabaret et retrouvée sur un terrain vague d'Annonay. Malheureusement la comparaison de ces empreintes avec le fichier national corrobora l'idée que l'on avait affaire à des débutants. La pire espèce pour les policiers !

Enfin, Avril avait concentré ses recherches sur les régions frontalières de la Suisse, du Jura au Territoire de Belfort.

C'est chez ses confrères de Besançon qu'il décrocha le pompon. Le dénommé Marius Jaboulet, gérant du bar Chez

Mado, s'était illustré quatre ans plus tôt dans un trafic de cigarettes. À l'issue de ce trafic qualifié de « bricolage » par les douaniers, le Stéphanois avait écopé d'une forte amende.

— Cela lui a peut-être mis l'eau à la bouche, conclut le divisionnaire.

Avril ne disait rien, toutes ces révélations justifiaient-elles désormais la mise en place de l'opération ?

— N'a-t-on pas suffisamment d'éléments pour l'appréhender ?

— Je comprends votre doute, répliqua Isidore, mais si j'ai bonne mémoire vous aviez dans l'idée d'attirer d'autres poissons dans vos filets.

— Oui… dans l'hypothèse où Marius serait disculpé, mais avec ce que nous savons désormais, à quoi bon continuer ? Le coupable… nous le tenons.

Chose rare, le visage du divisionnaire s'empourpra.

— En êtes-vous si sûr ? Moi pas ! Alors on continue !

C'était la première fois qu'Avril observait une telle véhémence dans les propos du patron. Il n'était pas prêt de l'oublier !

L'opération « Terminus Châteaucreux » était désormais… sur les rails.

À 9 heures précises, le téléphone sonna, c'était Lamblot qui avait rejoint les policiers à l'affût place Chapelon. « Il vient de sortir, direction la Grand-Rue » dit-il au commissaire qui déjà vérifiait son Beretta.

Bérangère l'attendait dans le couloir.

« Soyez prudent » lui dit-elle avec un pincement au cœur. Peut-être ne reverrait-elle jamais le beau Serge ?

Sa première halte, il la réserva au Café des Marronniers. Les éternels piliers du bar cessèrent leur débat. Ils étaient les premiers à accueillir le héros du jour qui donnait sa vie pour libérer la ville du mal. Cela valait bien une minute de silence. L'éternel Berthier était là, toujours à griffonner.

Gaston offrit un café au martyr.

— C'est le grand jour ? demanda-t-il.

— Je le crois.

Le journaliste s'approcha du policier qui le prit aussitôt par le bras pour l'écarter des oreilles indiscrètes.

— Réservez la première page pour l'édition de dimanche, vous allez vendre du papier, je vous le garantis.

— Vous êtes sérieux ? s'étonna Berthier.

— Tout à fait !

En dépit de cet optimisme affiché, le commissaire n'ignorait pas que tout pouvait encore basculer.

Il salua l'assistance et descendit tranquillement le cours Fauriel jusqu'à Manufrance où il prit le trolleybus direction Châteaucreux.

Place Fourneyron après un coup d'œil circulaire, il se dirigea vers le Café du XXème Siècle.

À 9h45 précises, le téléphone posé sur le zinc sonna, il décrocha à la première sonnerie.

— Je t'écoute, dit-il.

Lamblot reconnut sa voix.

— Il vient de prendre le trolley à Dorian, direction la gare.

Il tourna les talons sous le regard abasourdi du serveur peu habitué à un tel sans-gêne.

Les véhicules sur l'avenue Denfert-Rochereau avançaient au pas.

Un coup d'œil à gauche, à droite, rien ne devait échapper à son regard. Les fumées d'échappement en plus de rendre l'atmosphère irrespirable plongeaient le trottoir d'en face dans un épais brouillard.

C'est pourtant là qu'il crut apercevoir Pierrot, le fils du boulanger, bien emmitouflé dans son caban, le col relevé. Il gardait un œil sur lui et ne vit pas Bancel, le propriétaire du local où le corps de Martine Béal fut retrouvé, qui le dépassait. Philippon, la tête enfoncée dans les épaules, un Borsalino sur le crâne semblait se balader sur le trottoir d'en face.

À Châteaucreux, la ronde des trains ralentit.

Depuis longtemps, le gros des troupes en provenance des vallées du Gier et de l'Ondaine avait regagné ateliers et bureaux.

Avril rejoignit le chef de gare qui semblait l'attendre, ils échangèrent quelques mots derrière les vitres du guichet.

La gare, entre deux vagues de voyageurs, était déserte. Mais, à intervalles réguliers, elle se remplissait pour se vider aussi vite. Le Nantes-Lyon de 10h18 provoqua cet afflux éphémère. Trop éphémère pour qu'il passe à l'action. Le temps d'un répit, le commissaire arpenta le hall d'accueil fouillant du regard chaque recoin. Pas de Pierrot ni de Marius en vue.

Il regarda sa montre : 10h29.

Rien ne se passerait dans une gare vide, il le savait.

D'après les indications du chef de gare relié au poste d'aiguillage de La Montat, la prochaine déferlante sortait du tunnel de Terrenoire. C'est dans ce flux qu'il fondait tous ses espoirs. Il pensait à Marius bien sûr, mais n'excluait pas un autre prédateur.

Le chef de gare lui adressa un signe discret, on le réclamait au téléphone.

Trop tard, le commissaire s'était déjà rapproché de la sortie et attendait la vague.

10h34.

Le direct de Paris entra en gare et déversa son lot de voyageurs fatigués. Dans la gare, les valises s'entrechoquaient, quelques gamins chahutaient et les parents exténués près ce long voyage les réprimandaient avant de gagner la sortie.

Le policier se laissa emporter par le flot des voyageurs.

Les agents disséminés sur les flancs nord et sud du bâtiment veillaient. D'autres, depuis l'Hôtel de la Gare vers lequel se dirigeait Avril, photographiaient sans compter.

Le commissaire filait droit sans se retourner, espérant attirer dans son sillage l'inconnu du Monoprix.

Il traversa la rue. Personne ne le suivait.

L'hôtel était vide, l'hôtesse avait cédé sa place à un inspecteur de Lyon venu en renfort.

— On remet le couvert avec la Micheline du Puy ? dit-il un brin moqueur.

— C'est ça mon ami, avec celle du Puy, de Roanne et ainsi de suite. C'eut été trop beau qu'on le coince du premier coup.

Il plastronnait face au Lyonnais, mais déjà le doute s'installait.

Le chef de gare l'attendait.

— On vous a appelé.

— Qui ça ?

— Un homme... il ne m'a pas dit son nom mais vous rappellera.

10h54.

Le train en provenance du Puy entra en gare. Le commissaire posté devant la sortie recommença son manège… sans plus de résultat.

Ce n'est qu'à son retour qu'une surprise l'attendait.

Il discutait avec le chef de gare quand, en levant les yeux, il aperçut Marius. Il n'était pas seul, Pierrot, Bancel l'accompagnaient. Philippon était là aussi mais il ne le vit pas.

Le téléphone sonna, Avril décrocha, c'était Nick.

« Encore lui » *soupira-t-il*. L'envie de l'envoyer sur les roses le démangeait, pour ne pas dire davantage. Mais il devait bien reconnaître que chacune de ses apparitions avait permis des avancées significatives dans l'enquête. Alors, une fois de plus, il fit contre mauvaise fortune bon cœur.

— Assieds-toi, dit le détective, j'ai quelque chose d'important à te dire. Jette un coup d'œil, sur ta droite, du côté de la dame blonde, assez forte, tu ne peux pas te tromper, on ne voit quelle avec son manteau en fourrure.

— Mais où es-tu ?

— Dans la même direction, un peu plus à droite. La cabine téléphonique… tu la vois ?

— Oui, très bien.

— Je suis à l'intérieur. Mais reviens sur la blonde.

— Oui, je la vois.

— Derrière elle, l'homme avec un journal à la main, tu le reconnais ?

— Attends… non… je ne vois pas…

— Regarde-le bien…

Avril se redressa et s'approcha de la vitre du guichet.

— Oui, je le vois…

— Le voilà ton coupable… j'en ai la preuve.

— Qu'est-ce que tu dis ?

Le commissaire s'agrippa au dossier d'une chaise. En une fraction de seconde sa bouche devint sèche. Entre soulagement et incompréhension, il parvint tout de même à dire :

— Lui ? Lui ? Tu en es sûr ? Alors… on l'arrête !

— Non, demain, il faut une preuve ultime et demain je l'aurai ! Arrête plutôt Marius Jaboulet, il n'a rien à voir dans cette histoire mais au moins notre lascar ne verra pas le piège se refermer sur lui.

Épilogue

Marius n'en revenait pas de l'hospitalité de la police.

Il passa la nuit au poste dans la cellule VIP, draps blancs, couverture en laine et croissants au petit-déjeuner.

On lui expliqua le pourquoi du comment et très vite il comprit les retombées commerciales qu'il pouvait en espérer. Il allait devenir la vedette du quartier, le sauveur !

Il avait un dernier rôle à jouer après quoi on le libérerait avec les honneurs et la médaille de la ville. Il se révéla être un excellent comédien et quand il quitta le bureau du commissaire à 9 heures, il avait la tête du bœuf qu'on conduit à l'abattoir.

Il traversa le couloir encombré de policiers, les menottes aux poignets. Nick et Berthier se levèrent au passage du condamné, Avril fermait la marche, serrant fermement son Beretta.

— Vous n'oubliez pas notre rendez-vous ? dit le journaliste.

— Notre rendez-vous ?

— Oui, vous me l'aviez promis hier.

— C'est vrai, je vous demande deux minutes.

Le commissaire invita Nick à le rejoindre dans son bureau.

Le divisionnaire était là. L'échange dura une demi-heure, puis il fit entrer le journaliste.

— Cette fois vous l'avez ? s'exclama-t-il.

— Presque, il nous reste un témoin à entendre en fin de matinée.

Berthier sortit son carnet tandis que le policier posait son pistolet sur une pile de dossiers.

— Reprenons depuis le début cette affaire si vous le voulez bien. J'imagine que vos lecteurs ne se contenteraient pas d'un entrefilet.

— J'allais vous le demander, je vise la première page. On pourra avoir une photo du coupable ?

Le commissaire acquiesça d'un signe de la tête avant de commencer son récit.

— Début janvier des gamins découvrent le corps de Martine Béal étranglée dans un local de la rue Pierre Termier. Des traces de sang nous mettent sur la voie du tueur que nous traquons avec l'inspecteur Lamblot jusqu'au Monoprix. L'homme à plusieurs reprises a été aperçu, il est grand, porte des lunettes, son visage est dissimulé par un épais cache-nez. Les traces de sang analysées sont inexploitables. Martine Béal est une jeune fille sans histoire et très vite on oriente nos recherches vers un déséquilibré, un sadique bien qu'aucun sévice n'ait été constaté. L'autopsie révèle qu'elle est enceinte, on soupçonne alors une relation consentie ou non avec un proche. Son ami militaire au moment des faits est disculpé.

— Quel drôle d'individu ! Pourquoi prendre le risque de se faire remarquer entre le lieu du crime et le Monoprix ? C'est débile, s'étonna Berthier. Votre type est un imbécile de la pire espèce !

— Pas si simple, poursuivit Isidore. C'est l'interrogation qui ne nous a jamais quittés : avions-nous à faire à un être insensé ? Un fanfaron ? « Un imbécile » comme vous dites ? Qui tue sans raison, sans mobile, juste pour exister aux yeux du monde ou… au contraire : un être perfide, qui s'est lancé dans un projet machiavélique ?

Berthier fronça les sourcils.

— Le juge Bornitz, poursuivit le commissaire, a éclairé d'un œil nouveau toute cette affaire le jour où il nous a solennellement déclaré : « un train peut en cacher un autre ». Je m'explique : pour cacher mon crime, j'en commets d'autres qui entraînent les enquêteurs sur une voie sans issue. Aujourd'hui nous savons que Martine Béal est la clef de voûte de ce drame. Elle paye le fait d'avoir croisé un tueur, tout le reste y compris le crime de la rue Neyron n'est qu'enfumage !

Le journaliste penché sur un coin du bureau prenait des notes, beaucoup de notes.

— La double agression du passage Romanet marque le tournant de cette affaire. En tapant sur la tête de Nick Malone, le tueur, a mis sur notre chemin l'homme providentiel. Celui qui mérite notre considération et notre respect. Soulignez bien cela dans votre article.

Le détective, sous le feu des projecteurs, s'éclaircit la voix.

— J'ai un contrat avec madame Grinberg, ce qui explique ma présence au côté de Marlène le jour de l'agression. Dans ce cadre-là, je rencontre son beau-frère, François Grinberg, qui va me faire une confidence étonnante. Il connaît une certaine… Martine Béal.

— Celle qui a été assassinée ? l'interrompit le journaliste.

— Eh bien non ! mais plus étonnant encore, celle-ci connaît depuis son enfance à Givors la victime de la rue Pierre Termier. Elles travaillent ensemble au Blue Paradise.

— Le témoin que le commissaire attendait hier, c'est bien ça ? releva Berthier.

— Oui… non…

Avril reprit le flambeau.

— Je n'attendais personne hier, cette Martine-là n'était pas présente le jour de la bagarre dans le cabaret de Lyon. Et puis, l'aurait-elle été que je n'aurais pas pris le risque de l'attirer dans ce piège.

— Dans ce piège où vous espériez coincer le coupable ? remarqua le journaliste.

— Le coincer, peut-être pas. Pourquoi se jeter dans la gueule du loup aussi bêtement ?

— Désolé, je ne vous suis plus.

— C'est pourtant simple… Il pouvait s'exiler, se terrer ou, plus judicieusement, tenter d'apercevoir ce témoin. J'ai misé sur cette dernière hypothèse. Mais c'était sans compter sur son intelligence…

Il ouvrit le tiroir de son bureau et sortit un courrier.

— L'idée de génie, la voici… une convocation « présentez-vous vendredi à 11 heures à la gare de Châteaucreux pour une reconstitution. Signé commissaire Avril ». Il se donnait une couverture indiscutable.

Le policier détourna son regard vers Nick, l'invitant à poursuivre.

— Mais, le vent tourne, la chance change de camp. Et comme c'est souvent le cas, un détail va nous mettre sur la voie. Tout se passe le 31 décembre.

Brusquement l'atmosphère s'alourdit.

Le visage du journaliste se crispa l'espace d'un instant.

— C'est la veille du Jour de l'An, Martine ne travaille pas l'après-midi. Avec sa collègue elles décident de déjeuner en ville, dans un bon restaurant de la place Marengo. L'ambiance est conviviale, c'est un avant-goût du réveillon et, pour se mettre dans l'ambiance, ce sera coquillages et crustacés. Vous aimez ça Berthier ?

— Oui... comme tout le monde, j'imagine.

— Mais ce que vous aimez par-dessus tout ce sont les huîtres. Je ne me trompe pas ?

Pour toute réponse, le journaliste contempla le plafond pendant que ses doigts pianotaient l'accoudoir du fauteuil.

L'inquiétude gagna son visage.

— C'est le coup de feu derrière le comptoir, poursuivit le détective. Vous rejoignez votre ami Ernesto, le patron, pour l'aider à ouvrir les huîtres... votre spécialité paraît-il ! Sauf que ce jour-là... patatrac, le couteau dérape et se plante dans votre main, dans l'adducteur du pouce précisément, là où le sang coule à flots... Impossible d'interrompre l'hémorragie, on vous transporte à l'hôpital.

— Et alors où voulez-vous en venir, Bon Dieu ? Vous commencez à me fatiguer sérieusement.

— Gardez votre calme, s'énerva le commissaire.

— C'est en voyant Martine que votre main tremble.

— N'importe quoi !

Il était temps d'abattre les cartes.

Nick sortit dans le couloir où l'attendait madame Genévrier, la collègue de Martine. La veille au soir, elle avait appelé le détective qui s'était expliqué sur son stratagème pour entrer en contact avec elle.

Ils entrèrent dans le bureau.

— Est-ce que vous reconnaissez cet homme ?

— Oui, c'est bien lui… nos regards se sont croisés… c'est à cet instant précis qu'il s'est blessé.

Un long silence s'ensuivit.

— Une chance, Martine ne vous a pas vu, et peut-être même ne vous aurait-elle pas reconnu. Mais le doute s'installe, vous ronge, vous empêche de dormir. La suite… on la connaît. Vous imaginez ce plan diabolique.

Avril prit le relais.

L'accusé, le regard perdu et la tête dans les épaules, reculait. Il était temps de porter l'estocade.

— Le 3 janvier vous passez à l'action. Martine se débat, les agrafes de votre cicatrice ne résistent pas à la lutte acharnée qui vous oppose. Le sang tout au long du trajet, c'est le vôtre. Là encore, vous avez une idée de génie, traverser tout un quartier pour vous rendre au Monoprix. C'est risqué, seul un illuminé se lancerait dans une telle expédition. Mais votre camouflage et parfait et nous voilà partis sur la piste d'un détraqué.

La pièce devenait trop petite pour le journaliste.

Il ne savait plus où porter son regard. Il n'écoutait plus, des images défilaient sur les murs blancs du bureau, sa jeunesse, les bancs de l'école, la maîtresse qui le frappait avec la brosse du tableau noir.

— Pendant une semaine vous vous faites rare. Votre cicatrice ne se referme pas. Vous improvisez un séjour à Chamonix et vous faites recoudre votre blessure dans une clinique à Sallanches. Nous avons vérifié. Cela vous suffit-il où je continue ?

À la limite de la crise de nerfs, il se triturait nerveusement les doigts et passait sans arrêt sa langue sur ses lèvres sèches. Et puis, l'embellie, le dernier effort avant de plier. Comme par magie, Berthier retrouva des couleurs et le courage de se battre.

— Et vous pensez aller loin avec toutes ces broutilles ? N'importe quel avocat se fera un plaisir de démonter toutes vos inepties. Un regard, une cicatrice, et pourquoi pas un Carambar que j'aurais mâché ? Vous me faites rigoler !

Il avait raison et Avril à cet instant ne le savait que trop.

Cependant, la partie n'était pas finie, il lui restait une carte, la dernière…

— Je vous l'accorde, le compte n'y est pas… mais j'ai gardé le meilleur pour la fin.

Avril ouvrit une enveloppe posée sur son bureau, elle contenait les photos prises le jour de l'agression de la rue Romanet.

— Vos empreintes sont sur plusieurs d'entre elles.

— Le contraire m'aurait étonné, ricana le journaliste, c'est moi qui vous les ai données.

— Certes, mais nous avons retrouvé les mêmes dans le véhicule que vous avez abandonné à Annonay après le meurtre du Blue Paradise.

Berthier hésita pour finalement ravaler sa salive.

— Ne me dites pas que vous l'avez brûlé, se moqua le commissaire. Mais je vous rassure, vous l'avez bien brûlé mais sachez que le contenu de la boite à gants, comme souvent, a résisté aux flammes.

Ce n'était pas prévu mais Bérangère, comme une fleur, pointa son nez dans l'encadrement de la porte.

Elle n'était pas prête de l'oublier.

Berthier jeta ses dernières forces dans la bataille et dans un même élan saisit le pistolet d'Avril et la belle par le cou. En d'autres circonstances, elle se serait laissé emporter dans les bras du beau ténébreux, mais là, c'était une tout autre histoire !

— Êtes-vous bien certain de ce que vous faites ? Pensez-vous une seconde pouvoir nous échapper.

Que s'était-il passé dans sa tête ? Son plan imparable lui glissait lamentablement entre les doigts, tout ça à cause d'une douzaine d'huîtres dont il avait en ce moment précis le goût iodé dans la bouche. Le saura-t-on jamais ?

Il retourna l'arme contre lui.

— C'est fini, vous avez gagné, dit-il en appuyant sur la détente.

Encore une fois, il se trompait. Car, de détonation, il n'y en eut pas.

— Désolé mon cher, j'ai pris la peine de le vider ! conclut le commissaire avant de lui passer les menottes.

Isidore eut le mot de la fin :

— Vous pourrez toujours écrire vos mémoires... mais peut-être n'aurez-vous pas la tête à ça !

***

Une demi-heure plus tard, devant le commissariat, les policiers et le détective refaisaient pour la énième fois l'enquête jusqu'à ce qu'Isidore prit le commissaire par le bras et l'entraîna à l'écart du groupe.

— Je parierais que vous allez me parler de ma mutation à Paris ? déclara Avril.

— Oui, oui… c'est comme si c'était fait, vous pouvez acheter une valise, mais avant cela, une chose m'interroge… cette histoire d'empreintes ?

— Inexploitables à cause de l'incendie du véhicule, déclara Avril.

— Sauf celles de la boite à gants, si j'ai bien compris ?

— Faudrait essayer de mettre le feu à une voiture, mais… ne le répétez pas, je doute que les empreintes résistent à un tel enfer.

Une Jaguar s'arrêta devant le commissariat.

— Belle carrosserie, s'exclama Isidore.

Bénédicte Grinberg sortit du véhicule en compagnie de Marlène. Elles étaient toutes les deux resplendissantes.

Nick alla à la rencontre de la jeune dame et la serra dans ses bras chaleureusement.

Les policiers, en retrait, observaient la scène.

Le commissaire s'approcha de la baronne. Dans son regard il crut déceler une petite lueur d'appréhension.

— Avez-vous retrouvé vos bijoux, chère Madame ?

— Absolument, absolument, dit-elle confuse.

Puis se retournant vers Nick, dont elle avait fui le regard jusqu'à présent, elle ne put retenir un éclat de rire…

F I N

Merci à Sylviane, Marcel, Bernard et Philippe : mes premiers lecteurs.

Ils m'ont permis, à n'en pas douter, d'améliorer la qualité de ce texte.
Leur soutien, par ailleurs, m'encourage à poursuivre l'aventure.

Enfin, merci à Nick Malone qui pourtant m'empêche parfois de dormir !

***

Si vous souhaitez me faire part de vos impressions sur ce roman, n'hésitez pas à m'écrire :

mnchln65@gmail.com

ou

sur ma page Facebook

Printed in Great Britain
by Amazon

32798824R00136